Philippe Horvat

La Louse

Philippe Horvat

La Louse

Comment foirer efficacement un projet
- En dix leçons -

Éditeur : BoD-Books on Demand, 12/14 Rond-Point des Champs Élysées, 75008 Paris, France
Impression : BoD-Books on Demand, Norderstedt, Allemagne

ISBN : 978-2-322-23601-5
© Philippe Horvat

Dépôt légal : Décembre 2020

Avertissements

Ce petit livre est un clin d'oeil... Une babiole, une vanne, une broutille.

Ou peut-être pas tout à fait, car enfin, ce que tu vas lire, ami lecteur, ressemble fort à ce qui peut parfois vraiment se passer dans une petite entreprise familiale, une "PME", installée quelque part en France. Ou ailleurs.

Le présent recueil de recettes presque infaillibles pour rater un projet est une compilation de faits réels, détournés, modifiés et moqués, glanés çà et là, vécus par l'auteur parfois, rapportés par des amis, lus dans des récits.

Seuls les esprits chagrins, suspicieux, et mal intentionnés - bien sûr ! - croiront y reconnaître une entreprise et des personnages réels. Le lecteur bienveillant et compréhensif, quant à lui, se doutera bien que toute lointaine ressemblance avec des personnes existantes ou ayant existé ne pourra être qu'une fortuite coïncidence.

Bien sûr ...

Prologue

Le printemps pétille de couleurs, et des odeurs mêlées des fleurs fraîches qui, partout, dans le petit vallon, entrouvrent leurs fragiles corolles au soleil encore timide de ce joli mois de mai. Dans la pâture déjà haute, des insectes grésillent, tandis que passent, presque au ras du sol, en vols précipités, des oiseaux pépiant.

Plus loin, dans cette belle campagne lorraine, on voit pointer le pittoresque clocher de l'église de la petite bourgade de Suiky, tassée au bord de ce qui n'est plus un ruisseau, mais ne mérite pas encore le nom de rivière : La Gueulle, qui, entre les coquets jardinets peuplés de nains multicolores en céramique et de puits fleuris faits de pneus usés, serpente en charriant de sympathiques guirlandes de débris de plastique multicolores qui égaient son eau vert sombre aux vaguelettes ourlées de mousse blanche.

De l'autre côté, des champs bien ordonnés où l'on voit, déjà, pointer de magnifiques pousses de maïs soigneusement entretenus grâce à Monsanto. Puis, au-delà, à moitié cachés par un bouquet de bouleaux malades, chétifs, dont les petites feuilles vertes ont du mal à pointer, on devine, juste en lisière du pimpant village de Passalorange, les cubes gris, marqués de jolies dégoulinures couleur de rouille, d'un des fleurons de l'industrie locale, la très réputée SALCON SàRL.

9

Approchons-nous. Le chemin encore boueux, raccommodé de tuiles pillées, nous mène jusqu'aux abords de ce petit parc industriel. On aperçoit des entrepôts dont le bardage gris, fatigué par des années d'intempéries, est rayé par les lignes pointillées que forment les rangées de rivets rouillés, offrant ainsi un admirable effet décoratif. Pour que le visiteur soit informé de l'activité que cachent les cloisons de tôle ondulée, des échantillons sont artistiquement répandus aux abords. Vieux cartons éventrés, dont les flancs pourris sont traversés par les herbes folles, et dont les étiquettes délavées et déchirées offrent au visiteur le plaisant défi d'en deviner la provenance et le contenu passé. Bonbonnes de gaz couchées, ferrailles diverses formant d'esthétiques ensembles dignes des plus réputés plasticiens du moment. C'est assurément ici que se préparent les prochains chefs-d'oeuvres de l'art contemporain.

Le visiteur laisse à sa droite le parc où dorment des machines agricoles. Des nuées d'oiseaux se chamaillent entre les herses rouges, se perchent sur les majestueuses roues aux immenses pneus sombres.

Voilà, à gauche, le petit parking zébré d'ornières destiné au personnel de SALCON SàRL.

Contournons le bâtiment. De l'autre côté, devant l'entrée principale, le parking des visiteurs. Celui-ci, par souci de prestige, est dûment pavé de rectangles de béton gris dont les mousses, les herbes, et de superbes orties accentuent les contours. Les huit drapeaux à l'effigie de la société, kaki et roses, accrochés très haut sur les mâts métalliques qui ceinturent le petit parking, claquent dans la brise printanière qui apporte les odeurs enivrantes de la campagne. Les lambeaux déchiquetés par des saisons de neige, de bourrasque et de sécheresse dansent superbement, attirant ainsi le regard émerveillé du visiteur.

Le court escalier d'accès à l'entrée du bâtiment. Les marches fendues en béton gris du plus bel effet sont flanquées de deux rampes dont celle de gauche est descellée. Ici, monsieur, on tient sa droite.

Au-dessus de la porte vitrée, en grosses lettres elles aussi kaki et roses, on lit : "SALCON"

Et en-dessous, en plus petit, pour être sûr, peut-être, que le profane comprenne :

"Security ALarm CONtrol".

Monsieur Lepaiz, le patron, est très fier de son acronyme.

Il est aussi très fier de sa réussite. Petit, râblé, l'oeil noir, les sourcils touffus et la moustache péremptoire, il a l'énergie et l'allure du fox-terrier à poil dur.

Il y a déjà plus d'une dizaine d'années que Bertrand Lepaiz, alias Berty pour ses proches et ses collaborateurs, après une carrière commerciale dans des entreprises aujourd'hui concurrentes, a créé sa société et l'a implantée sur la commune de Suiky-Passalorange. Le coût du bâtiment, une ancienne charcuterie industrielle, était raisonnable, et l'emplacement, sensiblement sur l'axe Metz-Thionville, idéal.

Les affaires ont été bonnes, et le créneau porteur. Les systèmes domestiques et industriels d'alarmes d'intrusion sont en vogue, et les campagnes d'insécurisation soigneusement orchestrées par la presse régionale ont porté leurs fruits. Pas un cambriolage qui ne soit l'objet d'un article croustillant dans Le Nouveau Lorrain, l'hebdomadaire que tous attendent chaque jeudi, et que dirige avec brio le truculent Thiébaud Bart, le neveu par alliance de Berty Lepaiz.

Au fil des ans, Berty a su s'entourer de collaborateurs de confiance :

Tout d'abord sa très fidèle épouse, Hildegarde Lepaiz, tante Hilda pour la famille, à qui il a confié la lourde responsabilité de la direction financière. Petite elle aussi, la mise soignée, le chignon serré et l'oeil clair, elle voue à son mari et patron une admiration qui flirte avec l'idolâtrie. Garante de la bonne conduite et de la respectabilité de l'établissement, elle est donneuse de leçon et gardienne de la morale.

C'est à sa fille que Berty a confié la Direction Commerciale. Pamela Lepaiz-Dejauny, ronde et potelée, toujours aux avant-gardes de la mode, maquillée avec soin de mauve et de bleu, parée de pinces à cheveux en plastique multicolore, ne s'en laisse pas raconter : Négociatrice hors pair, elle a le verbe haut et le regard de l'aigle. Ce choix s'imposait : Pamela Lepaiz-Dejauny était tout particulièrement indiquée pour occuper ce poste. N'a-t-elle pas efficacement tenu la caisse pendant plusieurs années à la pimpante supérette Lidl qui fait face à l'église de Suiky ?

Le neveu de Berty, Kevin Overitas, chapeaute le stratégique Service R&D, le fleuron de l'entreprise, fort d'une équipe de trois personnes qui portent la lourde tâche de l'innovation. Grand, massif, la main molle et la paupière lourde, la démarche chaloupée, Kevin ne doit pas être jugé sur son apparence. C'est un cerveau. Oui, bien sûr, Kevin a un DUT commercial, mais fort de sa pétillante intelligence, il saisit instantanément les plus subtils problèmes techniques. Et puis, en cas d'urgence, il y a bien un ami sur FaceBook qui saura l'aider, non ?

C'est son petit frère Wilbur qui est le grand magicien de l'informatique. Wilbur Overitas est le virtuose du clavier, le prince du serveur, l'empereur de l'unité centrale. Sans lui, la dynamique SàRL SALCON ne serait rien. C'est lui qui sait si promptement ruiner une sauvegarde, emmêler un tableau Excel, modifier un mot de passe que personne ne connait, espionner les courriels de ses collègues. Un magicien ! Oui, bien sûr, ses problèmes de coordination, ses tics nerveux, et son strabisme font que parfois, mais parfois seulement, d'étranges anomalies apparaissent dans les textes, les identifiants, les mots de passe. Mais il est si habile à retrouver les erreurs, si prompt qu'en moins de trois semaines il saura tout remettre en ordre.

Le tour d'horizon de l'équipe de direction serait incomplet si l'on ne mentionnait pas Stéphane Dejauny, le mari de Pamela, la Directrice Commerciale. Stéphane assure la coordination du stock et de la logistique. C'est lui qui pousse des pointes de vitesse en chariot Fenwick entre les rayonnages surchargés de l'entrepôt, lui qui morigène les livreurs en retard. La banane gominée, la moustache tombante, il troque ses chaussures de sécurité contre ses Santiags dès qu'il quitte l'entrepôt.

On a dit quoi, nouveau ?

Devant la petite salle de réunion du premier étage, ils sont déjà deux à attendre. Désappointés, semble-t-il. La porte est verrouillée, ce qui est inhabituel. La femme de ménage, peut-être ?

Et qu'est-ce que ce clavier vissé sur la cloison, qui n'était pas là vendredi soir ?

Sébastien Lebonbou est nonchalamment adossé à la cloison vitrée, qui fléchit dangereusement mais tient bon. Sous son bras, un épais dossier dont dépassent des feuillets.

Yvon Danlemurt quant à lui fait nerveusement les cent pas dans le couloir, un ordinateur portable entre les doigts noueux de ses mains ramenées dans son dos.

Ils finissent par se concerter. La réunion "Innovation" était bien prévue à quinze heures ?

N'y tenant plus, Yvon se dirige vers le bout du couloir en direction du secrétariat et en revient immédiatement escorté par Nadia, la secrétaire du patron, qui porte un volumineux trousseau de clefs. Nadia Kaffer, grande et maigre, nerveuse, inquiète, malmène la serrure quelques instants puis se redresse. L'expression navrée de son visage triste et le hochement de sa tête sont sans équivoque : Elle n'a pas la bonne clef.

Mais les visages s'éclairent bientôt, car voilà leur bienveillant patron, Berty. La démarche presque martiale, il s'avance tandis que Nadia, Sébastien et Yvon s'écartent instinctivement, non pas mus par le respect qu'impose sa position de patron, mais pour éviter une collision qui leur serait évidemment vertement reprochée. Il actionne si nerveusement la poignée de la porte que la mince cloison vitrée qui isole la salle de réunion vibre et que les carreaux sales grelottent dans leur logement. Puis il darde un regard noir sous ses sourcils broussailleux vers Nadia qui d'un air navré montre son trousseau de clefs inopérantes.

Mais comment ? Ne savait-elle pas que lui, Berty, avait fait remplacer la serrure ? Ne faut-il pas renforcer la protection des maquettes, prototypes, et autres merveilles technologiques entreposées au fond de la salle ?

Le voilà qui pianote prestement sur le petit clavier. Avec un déclic la porte cède sous la poussée et les voilà à l'intérieur.

Quelques chaises éparses, une table en Formica un peu démodée, mais tellement fonctionnelle. Au fond de la salle, entassés contre le mur, les cartons non déballés rapportés du dernier salon professionnel, il y a sept mois.

Ils s'installent, les chaises grincent, et les bloc-notes sont ouverts, l'écran des ordinateurs portables est déployé et les voilà qui pianotent, en attendant les retardataires.

Mais Berty, en sa qualité de patron qui se veut efficace, s'impatiente vite, et se lève nerveusement en renversant sa chaise. Il se précipite vers la porte d'un pas chaloupé, le sourcil noir, l'oeil dur.

Sitôt a-t-il disparu dans le couloir que Nadia s'empresse de relever la chaise qui git encore sur le linoléum usé.

On perçoit des éclats de voix, et voilà qu'arrivent, sur les talons de Monsieur le Directeur Général Bertrand Lepaiz, ses neveux, le Directeur Recherche & Développement Kevin Overitas et son frère Wilbur, en charge de l'Informatique.

Les voilà tous assis. Des regards s'échangent, puis convergent vers Berty qui, manifestement, attendait cela.

C'est alors que, d'un ton presque cérémonieux, Berty les informe en préambule qu'il a fait remplacer durant le weekend les serrures de toutes les salles par des serrures de sécurité, car il a vu dans une des séries américaines à la mode en ce moment qu'un cambrioleur habile pouvait hacker les centrales de sécurité et crocheter les serrures ordinaires en un tournemain. Avec tous nos précieux secrets industriels, vous pensez, ce serait terrible !

A nouveau des regards s'échangent : Notre entreprise, SALCON SàRL n'est-elle pas un des leader, non, LE leader des systèmes de sécurité inviolables ?

Mais ... Aucun des participants ne s'aventure à le faire remarquer au patron. Ce serait comme appuyer sur le gros bouton rouge sur le pupitre de commande de la salle de contrôle des missiles atomiques.

Après une pause qui accentue le moment dramatique de la réunion, Berty aborde enfin l'ordre du jour.

Il a eu une idée. Il faut innover. Absolument. Prendre des parts de marché. Proposer du neuf.

Et justement, là, lui, Berty, a eu une idée. il n'y a plus qu'à la mettre en oeuvre !

Il se tourne, la moustache frémissante, vers Sébastien Lebonbou et Yvon Danlemurt, les Ingénieurs Développement. Il marque un temps d'arrêt, comme pour ménager le suspense, puis annonce, en détachant bien chaque syllabe :

Un contrôle d'accès "reconnaisseur" !

Ce sera aussi une alarme qui saura reconnaître les gens !

Eh bien oui, il fallait y penser ! Finies les clefs qu'on perd, les codes qu'on oublie et qu'il faut périodiquement changer !

Yvon tortille son maigre corps habillé de noir, tandis que Sébastien, comme accablé, s'est affalé sur sa chaise qui gémit sous son poids. Que Berty va-t-il encore nous pondre ?

Berty s'agite de plus belle, ses yeux sombres pétillent : Mais oui, pour activer votre alarme domestique en quittant votre domicile, ou, plus utile encore, pour la désactiver en rentrant chez vous, tard, vaseux, éméché peut-être, quoi de mieux qu'une centrale qui vous identifie sans que vous n'ayez à trouver une clef au fond de votre sac, ou de vous remémorer un code tordu ? Une caméra qui sache reconnaître votre visage, même bouffi par l'alcool, votre voix, même pâteuse, votre odeur peut-être, même masquée par les effluves de whisky !

C'est génial, n'est-ce pas ? Et nous le commercialiserons dès l'an prochain, bien sûr, le temps de déposer les brevets qui vont bien !

Tandis que le patron exalté reprend son souffle, la moustache encore vibrante, les mains levées de chaque côté de ses grandes oreilles décollées, Sébastien et Yvon, les Ingénieurs Développement, échangent des regards dans lesquels se lit la panique. Dans quoi s'embarque-t-on ?

Kevin et Wilbur Overitas, quant à eux, affichent des mines impassibles... Etaient-ils déjà au courant ?

Sébastien Lebonbou est le premier des deux ingénieurs à revenir de sa surprise, et déjà, ses questions fusent. Où pourra-t-on trouver les compétences en reconnaissance faciale, les analyseurs de voix ? L'idée n'est-elle pas déjà brevetée ? Cette technologie n'est-elle pas trop coûteuse ? Envisage-t-on des partenaires ? De combien de temps l'équipe dispose-t-elle pour réaliser une pré-étude de faisabilité ?

Yvon Danlemurt s'est redressé sur sa chaise, et lui aussi fait part de ses nombreuses questions, en tentant de camoufler son inquiétude : Tant de projets mirobolants sont déjà nés dans cette salle, et n'ont pas survécu aux quelques questions concrètes qu'ils ont tout de suite soulevées. Pendant que les échanges vont bon train entre le patron qui a une réponse évasive à chaque question et les deux ingénieurs inquiets, les frères Overitas pianotent frénétiquement sur leurs téléphones, les yeux rivés sur leurs petits écrans. A quel jeu passionnant jouent-ils ?

Nadia, droite comme un "I" , garde les yeux rivés sur Berty Lepaiz, le grand chef. Elle boit ses paroles.

C'est bien clair, n'est-ce pas ? martèle Monsieur Lepaiz, en plein milieu d'une discussion entre les deux ingénieurs ... Alors, exécution ! Et il se lève, tout d'une pièce, et gagne la porte, en leur enjoignant de bien verrouiller derrière eux.

Les carnet de notes sont toujours vierges.

Dans le couloir, Yvon et Sébastien se regardent longuement, encore éberlués. Tu as compris quoi, toi ? On a dit quoi, nouveau ?

Leçon numéro 1 :
Rester imprécis dans les réunions, ne pas prendre de notes, et surtout, pas de compte-rendu.

Ils n'ont pas dû y penser …

Le cycle de conférences à la Chambre des Métiers de Metz va s'ouvrir dans quelques instants. Dans le hall du grand bâtiment du Boulevard de la Défense, les chefs d'entreprises qui se sont inscrits discutent encore, par petits groupes.

Monsieur Bertrand Lepaiz est là, bien sûr, flanqué de ses deux neveux Kevin et Wilbur Overitas, qui se sont endimanchés pour l'occasion.

Kevin est superbe : Sa belle veste en vrai similicuir bleu pétant est entrouverte sur sa généreuse bedaine harmonieusement moulée dans un T-shirt bleu pâle à l'effigie d'un couturier à la mode. Son noeud papillon bleu pétrole, son pantalon slim de même couleur et ses mocassins à pompons dernier cri complètent merveilleusement sa tenue.

Son frère Wilbur a opté pour une allure plus sport : Son pantalon de jogging impeccable, ses sandales en cuir brun sur des chaussettes bleu clair, sa chemise rayée rose et verte lui donnent décidément une air décontracté, quoique sélect.

Leur patron Berty quant à lui arbore le costume gris qu'il affectionne pour les grandes occasions. Ses chaussures bien cirées, son pantalon à la raie impeccable, sa chemise blanche et la longue cravate rouge qui pendouille sur son torse creux complètent avantageusement son look sérieux. Le cheveu fraîchement reteint en noir et soigneusement gominé, le sourcil broussailleux et l'oeil vif, il parcourt du regard les groupes de confrères et de concurrents, s'attarde sur les quelques femmes en tailleurs sobres.

Autour du trio flottent les effluves entêtantes de l'eau de toilette dont Berty n'a pas manqué, comme à chaque occasion de rencontres mondaines ou professionnelles, de s'asperger abondamment. Kevin et Wilbur ont appris au fil du temps à s'en accommoder, mais il semble que cela ne soit pas le cas des autres participants des conférences sur la Veille Technologique pour les PME : Autour des représentants de SALCON les rangs se sont clairsemés, puis le vide s'est fait, établissant comme un périmètre de sécurité.

Monsieur Bertrand Lepaiz, patron de SALCON SàRL, une société de pointe dans le domaine des centrales de sécurité, comprend que c'est le respect ou la défiance qu'il inspire qui lui valent cette position si particulière.

Un aventureux s'approche, toutefois. Massif, potelé, ventru, une couronne de cheveux blancs bouclés et les boutons de manchettes étincelants sur sa veste noire entrouverte sur une bedaine d'homme bien nourri, c'est l'inénarrable Max Deblé.

Il est le patron du concurrent déclaré de l'excellente entreprise de Bertrand Lepaiz. Le voilà qui s'avance droit vers lui, à grands pas décidés. Un flottement dans les rangs de SALCON SàRL : Impossible de faire comme si on ne l'avait pas vu ! Lorsqu'il n'est plus qu'à deux pas, Berty finit par se tourner résolument vers lui, en tendant une main molle que Max Deblé empoigne énergiquement, la broyant entre ses phalanges armées de deux grosses chevalières dorées. Berty ne veut pas lui faire le cadeau d'un gémissement, et il serre les mâchoires, la moustache frémissante. Bonjour mon cher confrère, comment allez-vous ?

Un bref regard latéral à ses neveux, et Kevin et Wilbur s'écartent, soulagés de pouvoir regagner une zone à l'air plus respirable. Nous allons parler entre chefs d'entreprises, d'homme à homme, se dit Berty.

Mais il s'aperçoit bien vite que comme à son habitude, le tonitruant Max Deblé, Directeur Général de GEDETEST, la société GEnérale de DEtection et de Télésurveillance de l'EST n'a pas l'intention de "discuter", mais de parler à une audience attentive. Et il vient de trouver une proie. Cette dernière se recroqueville, fronce les sourcils, jette des regards latéraux comme pour demander de l'aide.

Trop tard, le grand Max a saisi le petit Berty par l'épaule, et voilà que se déversent sur ce dernier tous les potins de la profession. Les brevets fraîchement déposés, les derniers produits commercialisés... N'est-ce pas, dans ce monde de concurrence effrénée, cher confrère, il faut se battre. Mais bien sûr, GEDETEST cst à la pointe, et, justement, nous préparons quelques nouveautés qui vont révolutionner notre métier. Je ne peux rien vous dire, c'est confidentiel, mais ...

Max Deblé, de toute évidence, éprouve quelque chose qui s'apparente à un orgasme, lorsqu'il ajoute que, oui, c'est confidentiel, mais... il peut quand même confier à son cher confrère, en toute discrétion, n'est-ce pas, que les dispositifs de sécurité et de surveillance de GEDETEST sont en passe d'être équipés de nouveaux détecteurs capables de reconnaître sélectivement les personnels habilités, et de s'affranchir des clés et autres cartes d'accès.

Des têtes se sont tournées, à la limite du cercle qui s'est formé, comme un cordon sanitaire, autour de Max et Berty. Ni l'un ni l'autre n'en prend conscience, l'un tout à sa diatribe sur les nouveautés de sa société, l'autre tout à son effort pour échapper à son prédateur.

Un gong met cependant fin à la diarrhée verbale du patron de GEDETEST, tandis qu'une voix digne d'une annonce d'aéroport annonce que les participants sont invités à prendre place dans la grande salle : Les conférences vont débuter. Max lève la tête, comme importuné par un fâcheux, et desserre la pince de fer qui emprisonnait Bertrand Lepaiz... qui s'écarte, cherche ses neveux du regard, et se dirige tout de suite vers la porte de l'amphithéâtre en massant son épaule.

Max Deblé, comme éberlué, le suit, contrarié qu'on puisse interrompre si cruellement une discussion si passionnante.

Kevin et Wilbur rejoignent leur oncle et patron, non sans avoir pris une bonne goulée d'air pur, comme des plongeurs en apnée, et l'encadrent jusqu'aux sièges qui leur ont été attribués, tout en bas, tout près des orateurs.

La séance débute par une intervention de monsieur Jean-Désiré Patant, Professeur à l'Université de Lorraine, intitulée "Evaluer la Capacité d'Innovation de la Concurrence".

La grande et mince silhouette du conférencier s'avance jusqu'au micro dressé au bord de l'estrade. Un regard circulaire sur l'assistance. Mais pourquoi le bas de l'amphithéâtre est-il si clairsemé ? Un petit monsieur noiraud en costume gris, flanqué de part et d'autre de deux jeunes hommes occupent seuls le premier rang. Jean-Désiré Patant ne se savait pas aussi intimidant ! Et quelle est cette prenante odeur chimique ? le personnel de nettoyage a dû, une fois n'est pas coutume, faire du zèle.

Sans se laisser démonter par ces étrangetés, le Professeur Patant, après un toussotement, se présente sobrement puis d'un geste souple de la main, demande le premier "slide". Derrière lui, le grand écran s'éclaire, et l'exposé se déroule, d'abord lentement, puis de manière plus précipitée, comme si l'orateur était pressé d'en finir.

Le message est somme toute simple :

Mesdames et Messieurs les industriels, avant de vous lancer dans des développements, d'engager des budgets pharamineux sur de nouvelles idées, prenez le temps d'examiner l'état de l'art, d'évaluer les avancées de vos concurrents, d'éplucher les brevets d'invention déposés sur le sujet.

Ça y est, le Professeur Patant arrive à la fin de son exposé. C'est le moment des questions, mais il est visiblement pressé d'en finir, et se contente de répondre évasivement à une question posée par un jeune homme timide du dernier rang, avant de conclure, un peu précipitamment, et de s'éloigner du

25

micro d'un pas incertain, vers les coulisses, dans un état proche de la suffocation.

Les cinq conférenciers se sont succédés durant l'après-midi, et les participants sont maintenant dans le hall, un verre à la main. Les bavardages vont bon train, par petits groupes. Bertrand Lepaiz et ses deux acolytes tentent sans grand succès de s'associer à une des discussions informelles, quand du coin de l'oeil, le patron de SALCON SàRL voit s'approcher le formidable Max Deblé, son tortionnaire.

C'est d'un pas précipité qu'il se dirige vers la sortie, laissant sur place ses deux neveux Kevin et Wilbur, éberlués. Ils le rattrapent sur le parking, alors que la télécommande au bout de son bras tendu, il déverrouille la Lexus flambant neuve, dernier cri, truffée d'électronique, qui l'attend là.

Après quelques minutes passées à conduire dans un silence que ni Kevin, vautré à la place du passager, ni Wilbur installé derrière n'osent rompre, Berty finit enfin par s'exprimer.

Les garçons, ils sont tous à la ramasse, notre système de reconnaissance faciale et vocale va faire un carton !

Leçon numéro 2 :
Surtout ne pas s'intéresser à ce qu'a pu déjà faire la concurrence.

Et Kevin, il fait quoi ?

Il est déjà dix-huit heures, et Yvon est bien loin d'avoir bouclé le travail que son patron Berty Lepaiz lui a confié, lorsqu'il a, ce matin, fait irruption dans le bureau.

C'était dès huit heures trente, alors que, muni de son café et d'un croissant pur margarine acheté quelques instants plus tôt, en passant à l'excellent boulangerie de Passalorange, Yvon Danlemurt s'installait le plus confortablement possible devant l'ordinateur qui trône sur son bureau, entre des piles de dossiers. Il s'apprêtait à faire un court passage d'une petite heure ou deux sur son compte FaceBook, pour se tenir au courant des dernières manifestations punk et gothiques de la région, de ce côté-ci de la frontière, aussi bien qu'au Luxembourg, tout proche, et en Allemagne.

C'et avec une contrariété qu'il a eu du mal à dissimuler qu'il a vu son patron débouler dans son bureau. Pourtant, c'est bizarre, bien souvent Berty n'arrive que vers dix ou onze heures. Que se passe-t-il donc ?

A la vue de la mine sombre de monsieur Lepaiz, Yvon comprend bien vite que ce ne sera pas une journée faste. Ni drôle. Ni reposante.

Le cou cambré, la tête entre les épaules, le menton en avant, la moustache impérieuse, Berty est de toute évidence dans un mauvais jour.

Alors, notre projet de contrôle d'accès "reconnaisseur", ça en est où ?

Yvon est pétrifié, tétanisé. Tudieu, il n'a pas renoncé ! On est mal, on est mal...

Il est tellement interdit qu'il n'a pas le réflexe de masquer le site d'accessoires gothiques qui s'affiche sur l'écran de son ordinateur. Mais Berty a les yeux rivés sur lui.

Vous avez trouvé des sous-traitants ? Quel est le budget prévisionnel ? J'espère que vous allez boucler tout cela en moins de trois mois, je ne veux pas que SALCON se fasse doubler par ces branquignols de GEDETEST !

Yvon Danlemurt se tortille sur son siège, s'enfonce, se tasse, mais son patron ne voit rien, tout échauffé par son sujet.

Puis Berty se fige, la moustache encore vibrante, les yeux rivés sur Yvon, dans l'attente d'une réponse.

Qui ne vient pas ....

 Alors ? finit par dire, tout bas, le directeur, figé, le menton en avant.

Nous... nous travaillons sur le planning .... se risque l'ingénieur, à court d'idées.

Ah ? Le planning ? Vous pouvez donc me dire quand vous prévoyez de boucler ?

Yvon se tasse encore un peu plus sur son siège, en tentant d'atteindre à tâtons le clavier et la touche miracle qui fera disparaître l'écran compromettant.

Misère ... ! Son doigt déclenche le lancement d'une video de promotion de maquillages gothiques. Mais Berty n'entend rien...

Le planning... est en cours de discussion, nous y travaillons, nous progressons bien.

Soudain radouci, Berty Lepaiz se détend, recule d'un pas, amorce ce qui pourrait peut-être, dans un film d'horreur, passer pour un sourire.

Il faut ... Il faut de toute urgence que vous cherchiez sur le site des brevets, vous savez, le truc de brevets européens, tous les trucs qui pourraient ressembler à notre innovation. A cause que il faut commencer par ça !

Yvon Danlemurt, enfin, voit poindre une lueur d'espoir : une tâche clairement définie. Enfin, à peu près... Il se redresse, les muscles de son cou, qui étaient tendus à bloc, se relâchent, et il parvient à répondre :

Oui, bien sûr, Berty, je vais faire cela, en priorité. Vous pouvez compter sur moi.

- Pour midi ? ...

- Berty, j'ai besoin de beaucoup plus de temps, pour faire cela dans les règles, dresser une liste des innovations déjà protégées dans ce domaine, lister les revendications des brevets, en déduire ce qui peut être innovant.

D'un bloc, le patron se retourne, et se dirige vers la porte, lançant par-dessus son épaule : Pour ce soir, alors !

Yvon, immobile, attend que le directeur ait franchi la porte restée ouverte, puis se lève, encore un peu tremblant, pour la fermer.

Sur son écran, les publicités pour des bijoux à tête de mort se succèdent. D'un doigt rageur, l'ingénieur fait taire l'ordinateur rebelle, et s'affale dans son siège.

Pour ce soir ...

Il n'a même pas remarqué que, pour une fois, Bertrand Lepaiz n'avait pas abusé de son eau de toilette.

Le soir approche. La journée a été longue et laborieuse. Ce midi, Yvon n'a même pas pris le temps d'aller se chercher un kebab et une cannette de coca. Lorsqu'enfin il lève les yeux vers la fenêtre de son bureau, il voit, à travers la vitre sale, que les ombres des peupliers malingres se sont allongées sur le parking déjà presque vide de SALCON SàRL.

Bon sang, il est déjà tard ...

Sur l'écran devant lui, ses yeux fatigués parcourent une dernière fois les tableaux inachevés, les listes interrompues. Il n'en peut plus.

Il en a quand même fait un bon tiers !

C'est lorsqu'il décide de jeter l'éponge, au moins pour aujourd'hui, qu'il entend la voix aigrelette de Mireille Sonplanchet, la femme de ménage, qui vient, un soir sur deux, essayer héroïquement de nettoyer les bureaux encombrés, les couloirs poussiéreux, et les bavures brunâtres autour de la machine à café déglinguée au fond du hall d'entrée.

A qui parle-t-elle ?

Yvon est fixé lorsqu'il voit s'encadrer dans le porte ouverte la grande carcasse molle de son confrère Sébastien Lebonbou.

Ce dernier a vraiment l'air accablé, vidé, rincé.

Il vient s'affaler sur la pauvre chaise restée abandonnée le long de la cloison, contre l'armoire surchargée de classeurs débordants, de prototypes cassés, d'outils disparates. Dans un grincement inquiétant, le siège ploie, mais tient bon.

On n'avait pas prévu un "bad" ce soir ?

Mais oui, c'était programmé ! Comme chaque semaine, le mercredi, les deux ingénieurs vont se changer les idées en disputant avec d'autres cadres, des entreprises voisines, des parties énergiques de Badminton.

L'heure est presque passée, va falloir se grouiller, pense Yvon, après un rapide coup d'oeil dans le coin supérieur de son écran.

Mais Sébastien, la paupière lasse, les bras ballants, lui fait comprendre qu'il ne s'en sent plus capable.

Après un soupir, il s'épanche : Yvon ne devinera jamais ce qui lui est arrivé ! Ce matin, à son arrivée, avant même qu'il ait eu le temps de se chercher un café et de badiner avec les secrétaires, Berty lui est tombé dessus, très excité.

... Pour lui donner des instructions de travail, toutes affaires cessantes. Sébastien Lebonbou doit de toute urgence répertorier sur le site de l'Agence Européenne des Brevets toutes les innovations qui pourraient se rapprocher du grand projet qui tient tant au coeur de leur patron : le contrôle d'accès "reconnaisseur".

Un travail de fourmi, qui prend des heures et des heures !

Bien sûr il n'en est pas encore venu à bout. Comment va-t-il le dire à Berty ?

Yvon écarquille les yeux et du menton, désigne l'écran devant lui...

Puis, dans un soupir : Il m'a demandé exactement la même chose ce matin ! J'ai interrompu mon travail pour ne me consacrer qu'à ça...

Ensuite, d'un bond, comme traversé par une idée soudaine, il se lève pour, à travers la vitre constellée de chiures de mouches, embrasser du regard tout le parking. La rutilante Lexus de Bertrand Lepaiz n'est plus là. Il est parti, les laissant tous deux à leur travail de fourmi.

Tout au bout, cependant, le gros 4x4 de Kevin, garé de guingois sur deux places, est toujours là.

Si ça se trouve ... Non, ils ont du mal à l'imaginer...

Ils se dirigent quand même, ensemble, vers le bout du couloir, vers la porte close du bureau de Kevin Overitas, le Directeur R&D. Sous la porte, dans la pénombre, filtre un rai de lumière.

Leçon numéro 3 :
Bien prendre soin de cloisonner les tâches, et ne pas hésiter à créer des doublons.

On va bien se démerder, non ?

Yvon Danlemurt et Sébastien Lebonbou, les deux ingénieurs du Service Développement, attendent devant la porte close du bureau de leur patron, Berty Lepaiz. Un peu anxieux, tous les deux...

Il y a de quoi.

La porte, tout d'abord : Elle est fermée, ce qui est insolite, inhabituel. D'habitude, lorsque Berty convoque ses troupes pour une réunion de suivi de projet, la porte est ouverte et les participants rentrent au fur et à mesure de leur arrivée. Il est déjà quatorze heures sept, et les deux ingénieurs attendent, incertains, tandis qu'ils distinguent à l'intérieur les sons étouffés d'une discussion animée.

Yvon a bien osé frapper à la porte, d'abord timidement, puis plus vaillamment, mais rien n'y a fait.

Quatorze heures treize. La porte s'ouvre soudainement, faisant sursauter Sébastien et Yvon, tous deux absorbés par des interactions obscures avec leurs téléphones portables.

Ben alors, on vous attendait !

C'est Kevin Overitas, leur responsable, l'air contrarié. Ils entrent. Au fond un grand bureau luxueux, un fauteuil capitonné. De plusieurs téléphones et d'un ordinateur cascade jusqu'au sol un faisceau de câbles multicolores qui se perdent dans un fatras de connecteurs et d'adaptateurs.

Mireille Sonplanchet, la femme de ménage, doit bien s'amuser, pense fugitivement Sébastien, tandis que son regard balaie la pièce encombrée, les aphorismes encadrés au mur comme des tableaux de maître, la table de réunion de l'autre côté.

La table de réunion... avec ses empilements de dossiers. Kevin et son frère Wilbur sont déjà là, ainsi que la Directrice Financière madame Hildegarde Lepaiz, l'épouse du patron. Menue, la mine pincée, le cheveux tiré en chignon, le tailleur strict, elle est assise bien droite sur son siège.

Aïe, on va parler gros sous...

Berty, qui trône au bout de la table, lève un sourcil courroucé : Comment se fait-il que ces messieurs arrivent en retard ? L'heure était bien convenue, pourtant !

En bredouillant des explications que personne n'écoute, Sébastien et et Yvon s'installent sur les deux chaises vacantes.

Vous avez les documents ? Les devis ?

Les deux ingénieurs échangent des regards effarés puis regardent leur chef Kevin, qui baisse les yeux, visiblement embarrassé.

Nous allons faire les budgets pour le projet ALARU, martèle Berty.

Kevin, qui sent monter un malaise, s'empresse d'expliquer : Nous avons décidé d'appeler comme cela le nouveau système d'accès "reconnaisseur" : "Accès Limité Automatiquement par Reconnaisseur Universel" ...

Les budgets ?

Oui, provisionner ce que vont coûter les caméras, les micros, le ardouère et le softouère pour gérer tout ça.. et puis il va falloir des partenaires, des prestataires, d'ailleurs je connais un expert qui s'y connait. Il m'a été recommandé par le buraliste.

Bon, il est évident que personne n'a pensé à ça avant SALCON, mais il faut aller vite avant qu'il y ait des fuites et que nos concurrents ne s'y intéressent. Je soupçonne Deblé, de GEDETEST, le type qu'on a vu aux conférences à la Chambre des Métiers, d'essayer de savoir ce que nous avons dans les cartons. Alors, hein, fissa !

Yvon Danlemurt, qui se tord les mains d'inconfort tandis qu'il écoute la tirade de Berty, rassemble ce qui lui reste de courage et s'aventure..: Mais, Berty, nous n'avons pas encore tout épluché ce qui a déjà été breveté. Votre... notre projet est pluridisciplinaire, il faut ratisser très large pour être sûr qu'il n'y ait pas des applications quelque part qui...

... Kevin l'interrompt, se tortille sur sa chaise, très mal à l'aise :

Berty, il faudrait peut-être aussi faire un peu le tour du marché, un peu de benchmarking, je pense...

Son oncle l'interrompt, tranchant : Tu ne connais pas ton marché, mon cher ? Eh ben...

Si si, Berty, mais...

Kevin, on était ensemble à la Chambre des Métiers, non ? T'as bien vu qu'on est innovants ! Il faut avancer, maintenant !

Bon, alors, puisque vous n'avez rien préparé, je vais une fois de plus devoir faire votre travail.

On a besoin de quoi ? Un machin qui reconnait la voix, un autre pour les visages, et le reste on sait faire. Kevin ?

Euh, oui, Berty, je vais prendre contact avec Raoul Pourvoux, de la société de CONseil et d'Expertise en Robotique et en Imagerie, la CONERI. Tu les as rencontrés, déjà. Ils s'y connaissent peut-être.

Pourvoux ? Ça me dit quelque chose... Le type qui portait des Ray-Ban, c'est ça ? Ça a l'air d'être un gars sérieux. Il va nous trouver le machin pour reconnaître les visages. Ils doivent bien avoir ça à Taiwan, non ? Bon, 30000, ça devrait suffire, y a pas grand-chose à faire, n'importe comment.

Et pour reconnaître la voix : J'ai vu dans la série qui passe actuellement sur Netflix, le truc sur les robots qui gouvernent le monde, comment ça s'appelle de nouveau ? Ils reconnaissent tout de suite qui parle, même si le type il est bourré ou enroué. C'est un truc japonais ou chinois, sûrement. On va voir sur alibaba.com, ça va être vite torché. Yvon, vous vous y connaissez à ce que je crois. Je vous laisse quand même la semaine pour nous dénicher ça, mais... ne traînez pas !

Yvon Danlemurt est affalé sur son siège. Il passe les doigts un peu tremblants de sa longue main maigre dans ses cheveux très noirs, puis déglutit ...

Mais Berty, ce n'est pas si simple, il faut un système expert, une assez grosse puissance de calcul, et puis, il faut les bonnes interfaces avec le reste de la machine ...

Berty Lepaiz se raidit. Sa moustache frémit comme lorsqu'il est contrarié : Vous ne savez pas faire ? C'est bien la peine d'avoir des ingénieurs !

Vous n'allez quand même pas me dire qu'il faut que je mette Pourvoux de la CONERI sur ça aussi ! C'et pourtant simple, non ?

Sébastien Lebonbou, qui n'avait pipé mot jusque là, décroise ses mains potelées qu'il avait tenues croisées sur sa bedaine, et les joint délicatement à hauteur de son menton, dans un mouvement qui suggère presque une prière.

Berty, là on veut faire un produit industriel qui ne coûte pas trop cher à la production, il faut faire simple. Les robots de la série télé sont infaillibles pour repérer une voix, mais dans notre cas, on va pas pouvoir être aussi performants...

Kevin Overitas, le neveu de Berty, le responsable du développement, sent bien que ses troupes essaient de tempérer le patron, de pointer des difficultés, de, sûrement, gagner du temps. Ils auraient pu anticiper, quand même !

Il va devoir montrer qu'il maîtrise la situation, qu'il contrôle son service.

Après s'être bruyamment raclé la gorge, il pivote pour se trouver face au patron, et, les deux mains en l'air, comme en signe de reddition :

Berty, je propose de prendre le temps de préparer un rapport complet sur les investissements de développement, avec tous les aspects. Il faudrait que tu me laisses... une semaine.

Tandis que Kevin, embarrassé, guette une réaction de son oncle, une explosion, ou un sarcasme, les deux ingénieurs, hors de son champ de vision, s'immobilisent, les yeux grands ouverts. Une semaine seulement ?

Les sourcils froncés, le regard dur, Berty Lepaiz est visiblement pris de court. Mais il ne va pas facilement lâcher l'affaire.

Si encore j'étais sûr qu'une semaine vous suffit ! Parce que, ce n'est pas tout, si je comprends bien. Pour que notre projet ALARU fasse vraiment un carton, il faut que le système sache aussi reconnaître les odeurs, non ? Je sais que ça existe, des machins renifleurs, j'ai vu ça dans un documentaire du CNRS. Un "thermomètre de classe", ça s'appelle.

Un "spectromètre de masse", corrige Kevin, cramoisi. C'est un truc très compliqué qui reste dans les labos, c'est très très cher et très difficile à utiliser.

Ah bon ? Berty est visiblement déçu, mais il comprend, à l'attitude des deux ingénieurs, que là, il va falloir réduire ses ambitions.

Mais il est le chef, il ne se laisse pas démonter. Il reste encore tout le logiciel pour faire tourner tout ça, mais là, on va le faire en interne, hein !

Il se tourne tout d'un bloc vers son neveu Wilbur Overitas, le Responsable Informatique. Mon cher, c'est un truc pour toi ! Ça va te changer de tes réseaux et de tes disques durs.

Wilbur se croyait épargné par la distribution des tâches, et son attention s'était passablement évaporée. L'injonction de Berty lui fait lâcher son smartphone qui chute au sol avec un bruit inquiétant de plastique fendu.

Euh ouiiiii... Berty je sais sûrement faire, mais il y a beaucoup beaucoup de travail, là, il va falloir que je rédige un cahier des charges lorsque les ingénieurs auront fixé les interfaces. Avant je ne peux rien faire. Il jette fugitivement, presque triomphalement, un regard en coin à son frère.

Il poursuit à l'adresse de son oncle : Il y en a pour des mois et des mois de travail, il va falloir trouver un partenaire extérieur, mais pas d'inquiétude, je vais le piloter !

Berty ne se démonte pas : fais faire des devis... Et tu mettrais combien ?

Au moins 50000 Euros, lance Wilbur au jugé.

En hochant la tête, Berty Lepaiz tapote la table du plat de la mains.

Bon, bon bon... On progresse.

Il se retourne vers son épouse Hildegarde, la Directrice Financière.

Elle est restée silencieuse depuis le début de la réunion, mais elle a tout suivi avec attention, les yeux rivés sur son mari, son seigneur, son presque dieu. Béate d'admiration. Quel meneur d'hommes, quel leader !

Le stylo levé au-dessus de son bloc-note immaculé, elle attend la parole du patron.

Après avoir toussoté un peu, Berty déclame :

Eh bien on a dit 30000 pour la reconnaissance des visages, pareil pour la voix. On laisse tomber pour l'odeur, mais ça me contrarie. On va budgéter 40000 pour le logiciel de traitement, et puis il faudra voir pour l'outil de production.

Kevin, j'attends ton rapport sur mon bureau dans une semaine tapante, hein !

Hilda, si tu veux bien, tu rédiges un budget prévisionnel, on affinera plus tard, OK ?

Sans attendre de réponse, Bertrand Lepaiz se lève de la table de réunion et regagne son grand bureau encombré des dossiers, à l'autre extrémité de la grande salle.

Ils ont tous compris : La séance est levée.

Leçon numéro 4 :
Surtout, ne pas planifier les moyens !

On va changer le plan, là…

Une semaine plus tard, dans le bureau du Responsable Développement, Kevin Overitas...

Il est presque quinze heures, ils sont rentrés après un bref déjeuner Chez Simone, le petit restaurant du coin à Passalorange, un peu en retrait, entre la blanchisserie et le magasin de vélos. Celui au joli store rouge, et aux petites tables avec les nappes à carreaux sur lesquelles trône un petit bouquet de marguerites dans un bocal à cornichons.

Le carré d'agneau et le Côte du Rhône n'étaient pas propices aux discussions techniques, et Kevin, son frère Wilbur, ainsi que les deux ingénieurs Yvon et Sébastien, après quelques tentatives avortées pour parler de l'objet de leur déjeuner, le projet ALARU, sont, d'un accord tacite, passés à une discussion fort animée sur les mérites comparés de leurs footballeurs préférés, et sur les chances de victoire de l'A.S. Fousy lors du prochain match qui se déroulera dans quelques jours.

Ce n'est qu'après que Simone, la patronne, qui s'impatientait, leur ait, le regard noir, délibérément glissé l'addition sous le bouquet dans son bocal, au centre de la table, qu'ils ont, après un court silence gêné, décidé de tenir leur réunion au bureau.

Mais il fallait quand même terminer cette seconde bouteille de Côte du Rhône, et, bien sûr, se prendre un petit café.

Les voilà donc tous les quatre dans le petit bureau. Kevin Overitas, en sa qualité de Responsable du Développement, s'est bien sûr vautré dans son fauteuil, tandis que Sébastien Lebonbou s'est approprié l'unique chaise en face du bureau de son chef. Wilbur Overitas, le Responsable Informatique, à cavalièrement repoussé du coude les piles de paperasses entassées sur ledit bureau pour pouvoir y poser une fesse moulée dans un jean neuf artistiquement déchiré aux genoux. Les papiers malmenés s'amoncellent maintenant en un tas informe juste devant Kevin. Une tache sombre s'étale sur un dossier, tandis que le gobelet de café renversé continue à s'égoutter.

Yvon, quant à lui, s'est adossé au radiateur froid, sous la fenêtre aux vitres sales. Il croise et décroise nerveusement ses longues jambes maigres.

Alors, qu'est-ce qu'on lui dit, à Berty ? On est bon, là ?

Wilbur et moi nous sommes allés voir Raoul Pourvoux, le gars de chez CONERI, à Metz, pour voir s'il est intéressé par le développement des trucs pour reconnaître les visages et les voix.

Il est rudement bien installé, il a des PCs partout ! Il travaille avec son fils et sa femme et deux ingénieurs, il fait surtout des systèmes informatiques d'affichage pour les supermarchés, mais aussi du contrôle d'accès comme nous, mais en sous-traitance.

Il a tout de suite dit qu'il sait faire, mais qu'il a besoin d'un peu de temps pour préparer un devis, et qu'il faut s'entendre sur les entrefaces.

- Les interfaces, corrige vivement Wilbur.

- Oui, les interfaces. Il peut s'occuper de la reconnaissance, mais il faut que le système ait une "banque Dieudonné"...

- De données, coupe Wilbur, visiblement agacé

- de données, où sont stockées plein d'informations sur les visages et les voix des gens qui auront le droit d'accéder sans clé et sans code. Ça veut dire que c'est à nous de faire ça...

Il se tourne vers Yvon Danlemurt, toujours adossé au radiateur.

- Tu en es où ? T'as pu voir ?

Yvon se tord les mains d'embarras, oscille d'un pied sur l'autre. Oui, oui, il y a travaillé. C'est le Système Expert, la partie que va faire CONERI, qui devra exploiter les données, rechercher des ressemblances entre ce que le micro entendra et que la camera verra, et ce qui aura été stocké dans la banque de données. L'interface dont on parle, ce sera la mise à la disposition du truc que va nous pondre Raoul Pourvoux, d'un grand catalogue de photos de visages et d'enregistrements de voix. Bref, une grosse mémoire rapide et une prise USB ... C'est juste un ordi à intégrer dans le système.

Puis Yvon, devant l'absence de réaction de ses collègues, se détend un peu, croise ses jambes.

En fait, finit-il par lâcher, l'interface, c'est juste l'accès à la mémoire d'un ordi, par une prise USB. Et c'est CONERI qui aura presque tout le boulot.

Puis, avec un fin sourire ... : Mais Berty ne le sait pas.

Wilbur, toujours perché sur le coin du bureau, secoue ses épaules, dans un tic incontrôlable qui est, comme chaque fois, le prélude à une intervention péremptoire.

Oui oui oui, je te l'ai dit, lorsqu'on est sorti de chez Pourvoux, j'avais bien vu qu'il était tout content et qu'il était partant. C'est un gros chantier pour lui, il se frotte les mains. J'avais vu clair.

Tout en disant cela, il fixe son frère Kevin avec insistance, mais son strabisme prononcé entretient le doute... L'oeil gauche reste braqué sur Sébastien, que cela met mal à l'aise.

Wilbur poursuit : Et l'avance ?

L'avance ? Kevin est pris de court. Puis son visage s'éclaire. L'avance, oui, oui, j'ai dit à tante Hilda de passer à CONERI une commande pour la pré-étude et le devis. Je pense que c'est fait...

Donc... La base de données, c'est toi, Yvon. On sait où on va.

Le système reconnaisseur, c'est CONERI, il prépare le devis et on l'a payé.

La mécanique, tout le machin ? Son regard se pose sur Sébastien, qui vautré sur sa chaise en face de lui, regarde à la dérobée son smartphone.

Comme réveillé en sursaut, Sébastien lève la tête, le visage interrogateur.

Oui, l'intégration dans nos lignes de boîtiers? Pas de problèmes, sauf avec la série SilverSafe, où il n'y aura pas la place. Mais on trouve des processeurs tous petits, maintenant, hein ?

Wilbur hoche la tête. L'expert a approuvé, au grand soulagement de Sébastien, qui s'empresse d'ajouter, pour se débarrasser d'un sujet qui l'embarrasse :

Pour le micro et la caméra, je ne sais pas encore, cela dépend du modèle qu'on va choisir. On les incorpore au boîtier ou on les installe ailleurs ?

Il n'a pas le temps d'entendre la réponse de Kevin. La porte s'ouvre soudainement, faisant voler quelques papiers qui s'éparpillent sur le sol.

Berty est là. Apparemment en grand forme.

Et avec lui la prenante odeur d'eau de toilette dont il s'est généreusement aspergé.

Il est presque triomphant :

Ça y est, les garçons, il a dit qu'il était d'accord !

Un ange passe ... Kevin, Wilbur, Yvon et Sébastien échangent des regards interrogateurs.

Berty Lepaiz n'est ni étonné, ni perturbé par le silence de son équipe. il jubile !

Après un raclement de gorge embarrassé, Kevin fini par demander, presque timidement :

Mais, euh... qui est d'accord ?

Berty, les mains écartées, en secouant sa moustache : Ben notre partenaire, pour notre projet ALARU ! Tu suis le film, des fois ?

Euh, oui, Berty, on a avancé, on est en discussion, il va lui falloir encore un peu de temps pour nous faire un devis. Je ne savais pas que tu lui avais parlé.

C'est au tour de Berty d'ouvrir de grands yeux étonnés :

Comment, tu lui a déjà parlé ? il t'a appelé ? Depuis tout à l'heure ?

Dans la confusion la plus totale, Kevin se tourne vers son frère Wilbur, puis vers Sébastien Lebonbou et Yvon Danlemurt, quémandant silencieusement un appui, une aide, un secours.

Dans le silence gêné, sur le carreau sale de la grande fenêtre qui donne sur le parking, une mouche solitaire, jusqu'alors silencieuse, se met à vrombir épouvantablement. Elle aussi subit les effluves envahissantes émanant de Berty.

C'est Yvon qui, prenant son courage à deux mains, s'aventure :

Berty, on y est depuis plus d'une semaine ... les gens de chez CONERI nous ont promis une réponse dans les prochains jours. On a suivi les instructions, on est dans le planning de notre projet comme convenu.

Berty explose :   Je ne veux pas travailler avec le type de chez CONERI !   Je viens de parler à Max Deblé, de GEDETEST, il est partant, on fonce !

Le grésillement de la mouche s'est arrêté. Elle agonise, puis tombe sur le lino rayé. Les gaz de combat ont agi.

Leçon numéro 5 :
La hiérarchie ne doit pas hésiter à donner des contre-ordres.

Le consultant il sait faire !

Dix-huit heures dans quelques secondes...

Ils sont tous deux dans le couloir déjà sombre, dont le plafonnier sale clignote incessamment. Derrière la porte du bureau de Bertrand Lepaiz, ils attendent l'heure convenue pour se joindre à la réunion tant attendue, qui a débuté il y a déjà une bonne heure.

Ils entendent de éclats de voix, des rires. Il doit y avoir une bonne ambiance.

Mais qu'est-ce que ce monsieur "Jacques", mentionné entre deux portes, vient faire, et quel rapport avec le projet ALARU qui les occupe depuis maintenant plus de deux mois ?

Dix-huit heures dix. Sébastien Lebonbou frappe timidement. Sans succès.

Yvon Danlemurt vérifie une dernière fois l'heure sur l'écran blafard de son smartphone puis frappe à son tour, plus fermement.

Rien... De l'autre côté de la porte, des éclats de rires. Quelqu'un a du faire une plaisanterie... que tout le monde a compris. Yvon se prend à penser que ce ne devait donc pas être très spirituel.

Il s'enhardit et ouvre, puis s'avance, suivi de la silhouette massive de Sébastien qui, le cou tendu comme pour mieux voir, le surplombe.

Tous les regards se dirigent vers eux, qui s'immobilisent, comme pour recevoir la volée de remarques désapprobatrices que leur irruption aurait pu déclencher.

Ils sont tous là, vautrés sur le canapé de cuir ou les fauteuils qui encerclent la table basse, entre les rayonnages qui font face au bureau encombré du patron.

Il y a bien sûr Berty Lepaiz, en grande forme, ainsi que son épouse Hildegarde, la Directrice Financière, le chignon austère et le maquillage discret, le col de son chemisier triste relevé sur son cou ridé.

Et puis Pamela. Pamela Lepaiz-Dejauny, la fille de Berty, qu'il a, il y a deux ans déjà, propulsée au poste de Directrice Commerciale. C'est elle qui mène, d'une main qu'elle voudrait de fer, l'équipe des commerciaux qui, dès son dos tourné, n'en font qu'à leur tête. Elle s'est manifestement mise sur son trente-et-un pour l'occasion, car de la pochette de son tailleur vert pomme pointe un joli mouchoir brodé rose.

Ses deux cousins Kevin et Wilbur Overitas sont assis en face, de l'autre côté de la table basse encombrée de verres, de petits toasts et de documents. Kevin arbore un noeud papillon et un costume bleu clair dont les boutons menacent de céder sous la tension du tissu qui peine à envelopper son ventre. Wilbur quant à lui porte un jogging tout neuf du plus bel effet.

Il y a aussi Nadia, un peu en retrait. Faute de place, certainement, elle n'a pas eu droit à un fauteuil ou au canapé. Nadia Kaffer, la dévouée secrétaire de Berty, se tient bien droite sur sa chaise, dans une petite robe sobre, son ordinateur portable sur ses genoux.

Pour une fois, se prend à penser Yvon, il y a quelqu'un qui prend des notes.

Mais la personne qui attire immédiatement l'attention des nouveaux arrivants est l'inconnu vautré sur le canapé, une coupe de champagne à la main. Un homme d'une cinquantaine d'année, un peu dégarni, au regard chafouin et à la barbe bien taillée. Sa veste et son pantalon bleus ne viennent manifestement pas de la Foir'fouille. Un porte-document de cuir noir est posé devant lui sur la table basse, dangereusement proche d'une coupe pleine, posée de guingois.

La conversation interrompue par l'arrivée d'Yvon et de Sébastien reste suspendue quelques instants, tandis qu'ils dévisagent le visiteur.

C'est Blacky, le teckel blanc malingre de Pamela, la Directrice Commerciale, qui rompt le silence par une bordée d'aboiements hargneux. Pamela ne manque pas d'amener en réunion l'animal, qui vient mordiller les chaussures des participants, lorsqu'il ne va pas grappiller les amuse-gueule de l'apéritif.

Berty Lepaiz, manifestement agacé par le chien, s'adresse enfin aux deux "Ingénieurs Développement", qui cherchent du regard un siège où s'assoir.

Alors, les garçons, vous arrivez juste bien !

Puis en tendant le bras vers le visiteur barbu :

Voilà monsieur Saint Georges, notre nouveau consultant !

Le visiteur ouvre de grands yeux et corrige :

Jean-Benoît de Saint Jacques, du cabinet SIEST, monsieur Lepaiz !

...oui, oui, je m'excuse, hein, monsieur Jean-Jacques.

Dans la confusion qui s'ensuit, Kevin Overitas, le responsable développement, le chef de Benjamin et d'Yvon, s'empresse d'expliquer :

Monsieur Lepaiz m'a appris ce matin qu'il faisait appel au cabinet SIEST pour avoir un oeil extérieur sur notre développement pour le projet ALARU, le contrôle d'accès reconnaisseur.

SIEST ça veut dire Sécurité Industrielle de l'EST et monsieur de Saint Jacques s'occupe d'expertise et de conseil en sécurité industrielle. Il est un ami de monsieur Deblé, de GEDETEST, notre nouveau partenaire.

Comme il était disponible ce soir, on a donc organisé une réunion stratégique. Allez vous chercher des sièges ...

Les deux ingénieurs ressortent et parcourent le couloir sombre, en direction de leur bureau pour y récupérer leurs fauteuils sur roulettes. Quand ils sont à distance suffisante de la porte entrouverte, Yvon Danlemurt grommelle :

Mais qu'est-ce que c'est encore ça ? C'était pas déjà assez compliqué, avec Berty qui change d'avis et de direction toutes les semaines ? On va se coltiner ce guignol ?

Mais Sébastien, qui connaît le côté pessimiste de son collègue, se fait rassurant :

Meuh nan, le gars, il va seulement observer et donner son avis. T'en fait pas, on garde la main !

Lorsqu'ils reviennent en poussant bruyamment leurs sièges sur le sol inégal, ils entendent à nouveau, par la porte restée entrouverte, des rires et des plaisanteries.

Les voilà enfin installés, et Berty entreprend de leur expliquer la nouvelle situation.

Les garçons, le projet ALARU, il va révolutionner la profession, et c'est nous, la société SALCON, qui en sommes les créateurs ! Moi, j'y tiens, et il faut garder la main, il faut aller vite ! Donc nous devons nous entourer des meilleurs spécialistes de la région.

Nous marchons avec la société GEDETEST, et Max Deblé est enthousiaste.

GEDETEST s'occupe du truc reconnaisseur, ils savent faire, m'ont-ils dit.

Nous on s'y connait pour tout le reste, hein, la mécanique, le micro et la caméra, tout le truc. Et la base Dieudonné, Wilbur s'en charge.

L'intéressé corrige son oncle d'une voix lasse : La base de données, Berty. Mais il y a encore beaucoup de travail, tu sais. Puis son regard se lève résolument vers son oncle et patron pour appuyer ses dires. Enfin, la moitié de son regard, car son strabisme le fait fixer en même temps, de son autre oeil, sa cousine Pamela, la Directrice Commerciale, qui se sent, de toute évidence, vaguement gênée.

Avec Kevin, Sébastien et Yvon, nous allons coordonner tout cela, rassembler les briques et construire tout le système, et ...

Mais Berty lui coupe la parole :

Tu ne m'as pas écouté, j'ai dit que nous devons nous entourer des meilleurs spécialistes de la région !

C'est pourquoi monsieur Saint-Georges, euh, non, Saint-Jacques est là !

Et nous avons décidé que nous confions l'assemblage et la coordination au cabinet SIEST !

Jean-Benoît de Saint-Jacques, qui s'était un peu affaissé sur le canapé, se redresse soudain, aspergeant copieusement de champagne la jupe austère de Hildegarde Lepaiz, la Directrice Financière, qui pousse un petit cri de surprise.

L'assemblage et la coordination ? Kevin n'en croit pas ses oreilles. Sébastien, machinalement, se prend la tête entre les mains, tandis qu'Yvon, mains écartées, bouche bée, regarde dans le vide.

Oui, oui, répète Berty, SIEST va s'occuper de l'assemblage et de la coordination.

Blacky, le teckel blanc, lève une patte arrière et pisse copieusement sur les mocassins impeccables de monsieur de Saint-Jacques.

Tiens, se dit soudain Yvon, Berty ne s'est pas parfumé, ce soir.

Leçon numéro 6 :
Il est opportun de confier à des partenaires externes les tâches critiques

C'est comme si c'était fait !

Au fond du couloir encombré de cartons pliés et de casiers fendus en plastique, la porte du bureau est maintenue ouverte par un balais posé en oblique dans le cadre.

On entend frotter, remuer. On entend aussi la voix tonitruante de Kevin Overitas, en longue tirades véhémentes, entrecoupées de silences. Il téléphone.

Approchons-nous. La silhouette menue de Mireille Sonplanchet, la femme de ménage, s'agite en tous sens. Elle balaie, époussète, essuie, frotte. Il y a de quoi faire.

Appuyée au mur, une grande armoire métallique entrouverte vomit des dossiers jaunis qui menacent de tomber au sol. Sur les carreaux sales qui donnent sur la cour, des mouches mortes sont collées.

Mireille s'agite, mais garde une oreille attentive aux paroles de Kevin qui, affalé dans son siège matelassé de Skaï bleu qui balance dangereusement sur ses deux pieds arrières, allonge ses deux jambes sur le bureau encombré, ses baskets flambant neufs pointés vers le plafond.

Son smartphone collé à l'oreille gauche, il parle avec entrain, en ponctuant ses dires de gestes emphatiques de sa main droite.

Mireille, petite souris agile et curieuse qui parcourt inlassablement les couloirs, les salles de réunion, les bureaux, et s'attarde de temps en temps à lire des documents oubliés, connait en détails le projet ALARU. Elle a compris que Kevin, le Directeur R&D, est en conversation avec monsieur Raoul Pourvoux, de la société CONERI.

De toute évidence, ça chauffe, car Mireille entend un grésillement véhément dans le téléphone de Kevin. Ce dernier, maintenant, bafouille, se reprend, se répète, essaie d'argumenter.

... Mais, mais, Monsieur Pourvoux, nous n'avons rien signé avec vous de contractuel, ce n'étaient que des discussions d'approche...   ...non, non, nous ne mettons pas en doute vos compétences dans le domaine de l'analyse des images, mais ... Si si ...   Non, le projet n'est pas abandonné, monsieur Lepaiz y tient vraiment beaucoup ...

Kevin s'agite, manque de basculer en arrière, se rattrape avec ses talons plantés dans le fatras des paperasses de son bureau.

Mireille Sonplanchet tourne et retourne, prend son temps, l'oreille tendue. Puis son regard se pose sur les vitres crasseuses et la croisée poussiéreuse. Voilà, il va falloir bien nettoyer tout cela. Tout de suite, bien sûr. Elle se prend presque à sourire.

Mais Kevin, qui ne remarque pas l'espionne, poursuit. Son interlocuteur, de toute évidence, le malmène un peu, ergote, argumente.

Non, Monsieur Pourvoux, nous ne nous sentons pas liés, nous n'avons rien engagé financièrement, et monsieur Lepaiz a décidé de ne pas travailler avec vous ...

... Si ce que nous vous avons décrit est toujours valable ? Oui... bien sûr ... Pourquoi ?

Comment ça ? La propriété de l'idée ?

Kevin prend conscience de la précarité de son équilibre. Il ramène ses jambes vers le sol, balayant au passage une volée de papiers qui s'éparpillent autour du bureau. Les quatre pieds de son fauteuil dorénavant en appui sur le lino gris, il prend son visage poupin dans sa main libre.

Mireille frotte la croisée, une odeur de détergent plane dans la pièce. Kevin, tout à sa discussion, ne la voit même pas.

Sa voix s'étrangle un peu quand il articule, laborieusement : Non, c'est vrai, nous n'avons pas signé d'accord de confidentialité. Mais bon, c'est notre idée, vous êtes bien d'accord ...

... le prouver ? Comment ça, le prouver ? Quel document ? Un document pour prendre date ? Une enveloppe comment ? Une enveloppe solo ? Ah, oui, S-O-L-E-A-U ... Si nous en avons déposé une ? Ben je sais pas... Monsieur Lepaiz, certainement !

Mireille comprend qu'il se passe quelque chose de grave, de critique. Elle en oublie même de frotter.

De toute évidence, Raoul Pourvoux, à l'autre bout de fil, n'en a pas terminé.

D'une voix altérée, Kevin dit tout doucement : Vous en avez déposée une vous-même, d'enveloppe Soleau ?

Parce que vous savez, maintenant que j'y pense, la nôtre a dû être déposée depuis longtemps, vous pensez bien, Monsieur Lepaiz l'a fait bien avant que vous entrions en contact avec vous ! Nous sommes protégés, l'idée est à nous !

Comme s'il s'était convaincu lui-même, Kevin Overitas reprend confiance, se redresse sur son siège, et presque abruptement, met fin à l'entretien.

Mireille a ouvert la fenêtre pour nettoyer la vitre, laissant entrer un courant d'air frais et le chant d'un oiseau perché sur l'arbre malingre de la cour.

Kevin extrait de sa poche, d'une main un peu tremblante, un grand mouchoir brodé et s'éponge le front.

Puis il appelle les deux ingénieurs, Sébastien Lebonbou et Yvon Danlemurt.

On entend leurs pas dans le couloir, et lorsqu'ils écartent le balai posé en travers de la porte pour entrer, Mireille en profite pour sortir, tenant d'une main le balai, de l'autre un grand bac en plastique bleu contenant tout son attirail.

D'un mouvement de menton, Kevin, encore tout remué, indique à Yvon de fermer la porte. Quelqu'un pourrait entendre...

Puis il explique à ses deux équipiers que Raoul Pourvoux, de la société CONERI, l'entreprise qu'il avait pressentie comme partenaire pour la mise au point du système d'analyse des images et des sons était très mécontent que SALCON SàRL ne souhaite plus travailler avec lui.

Pourvoux prétend que c'était pourtant décidé, convenu, verrouillé, et qu'il avait déjà commencé à travailler et à engager des ressources dans cette direction. Kevin ne lui a pas avoué que Berty Lepaiz a décidé de lui préférer la société GEDETEST.

Kevin marque une pose, puis ajoute, avec un soupir, que Pourvoux est très fâché, et menace de contester à SALCON la paternité de l'idée. Il aurait déjà déposé un document décrivant le système, une enveloppe Soleau, pour établir son antériorité sur SALCON. C'est très très ennuyeux, ça...

...Si c'est vrai qu'il l'a fait...

Les deux ingénieurs regardent, avec un certain détachement, Kevin s'agiter et se lamenter, puis Sébastien s'aventure à demander si leur patron, Berty Lepaiz, avait effectivement déposé l'idée, avant de la divulguer. Une enveloppe Soleau, un document chez le notaire, quelque chose comme cela ?

Mais Yvon hausse les épaule et ose une remarque impertinente :

Mais, non, il ne sait même pas que ça existe !

Puis il tente de se rattraper en proposant :

Et... si on faisait tout de suite une demande de brevet d'invention ?

Mais Kevin écarte l'idée d'un revers de manche. Ça coûte, un brevet. Du temps, de l'argent, et il faut trouver un cabinet de Propriété Industrielle, c'est tout un binz !

Berty ne voudra le faire que lorsque le projet sera bien bouclé, vous le connaissez donc !

Et, de toute manière, les gens de chez CONERI ne maîtriseront pas tout le truc, la banque Dieudonné, les micros et caméras, tout le système avec le clavier et l'écran, et tout et tout...

Ah ben oui, tiens, le clavier et l'écran ... On n'a pas réfléchi à ça ! Qui s'en occupe ? Ils se regardent tous les trois, comme gênés par cette soudaine prise de conscience.

Le clavier et l'écran...

Puis Kevin, comme pour se débarrasser de cette question gênante, trouve une porte de sortie :

C'est mon frangin, bien sûr. L'informatique, les écrans et ces choses-là, il connait.

Il empoigne son téléphone pour appeler Wilbur Overitas, le Responsable Informatique, le gourou des écrans.

Mais Wilbur ne s'est pas préoccupé du projet ALARU, du clavier, du haut-parleur et de l'écran indispensables à son fonctionnement. C'est bien Kevin le responsable, non ? On ne lui a rien dit, rien demandé, à lui Wilbur !

On doit avoir des trucs en stock, non ? On avait fait des interphones, l'autre année...

La température semble avoir monté dans le petit bureau, et la tension est palpable.

Cette fois, c'est Stéphane Dejauny, le Responsable Logistique, le mari de Pamela Lepaiz-Dejauny, la Directrice Commerciale, que Kevin appelle. Qu'avons nous sur les étagères ?

Il est efficace, Stéphane : Seulement trois quarts d'heure plus tard, alors que la discussion entre Yvon, Sébastien et Kevin avait dévié sur les mérites comparés de leurs équipes de foot préférées, on entend le claquement caractéristique des Santiags de Stéphane dans le couloir. Quelle classe : il a pris le soin de quitter ses grosses chaussures de sécurité pour monter dans les étages.

Le voilà, les bras encombrés de boîtiers poussiéreux, de claviers jaunis, d'écrans fendus...

Il lève la tête d'un air fier, et sa banane noire et gominée miroite presque sous le néon du plafond.

Il y a de quoi faire !

Kevin soupire, soulagé. Bon, ben on assure, c'est comme si c'était fait !

Leçon numéro 7 :
Ne pas hésiter à faire l'impasse sur des tâches essentielles

Personne verra rien, voyons !

Le soir tombe sur la campagne lorraine, et les ombres envahissent le petit village de Passalorange.

En lisière du village, là où commencent les champs, une grosse machine agricole est comme accroupie au bord d'une parcelle de maïs qui vient d'être coupée.

Un peu au-delà, derrière les bouleaux maladifs qui bordent le parking, le bâtiment gris de SALCON SàRL s'illumine, fenêtre après fenêtre.

Au premier étage, dans son bureau encombré, Yvon Danlemurt s'apprête à rentrer chez lui. Assez fait pour aujourd'hui ! Le projet ALARU n'est pas à une ou deux heures près, quand même !

Et puis ce soir, c'est le jour de la rencontre gothique qu'il attend depuis deux semaines.

Le temps de rentrer, commander une pizza pour sa chérie et lui, de se préparer et se maquiller, et c'est le départ pour une soirée chouette avec de la bonne musique. Ne pas oublier les bouchons d'oreilles, se rappelle-t-il.

Lorsqu'il entre sans frapper dans le bureau de Sébastien pour lui souhaiter une bonne soirée, ce dernier arrache son regard de l'écran blafard de son ordinateur où tourne lentement une représentation 3D du boîtier de caméra qu'il est en train de concevoir. Il lève la tête, cligne des yeux, remue sa grande carcasse qui fait gémir son siège, et consulte l'heure. Lui non plus ne va pas faire de vieux os.

C'est alors, lorsque Yvon regagne la porte, et pose sa main sur la poignée, que son téléphone se manifeste. C'est la sonnerie à l'ancienne, forte, aigrelette, qu'il a choisi contre l'avis de Sébastien qui, lui, préfère une petite musique qui ne le fait pas sursauter.

Yvon Danlemurt s'immobilise. Oh noooon ! Il se fige, se retourne lentement, s'arrête, comme hésitant, puis son regard croise celui, désapprobateur, de son coéquipier.

Pfff... Il décroche, mais il n'a que le temps d'énoncer son nom. Sébastien qui le regarde, interrogateur, entend le grésillement ininterrompu de l'écouteur qu'Yvon, perplexe, a écarté de son oreille.

Yvon se rassoit, comme accablé, le combiné toujours en main, tandis qu'à l'autre bout de fil, son correspondant poursuit inlassablement, sans lui donner le temps de répondre ni de poser des questions.

Sébastien pousse du doigt, sur le bureau, un petit papier en direction d'Yvon, sur lequel ce dernier peut lire un grand point d'interrogation.

Yvon Danlemurt cherche un crayon, en attrape un dans le pot qui trône devant lui, qu'il renverse, éparpillant des stylos, des trombones, un tournevis, des clés USB. Avec une grimace à l'adresse de Sébastien, il griffonne d'une main énervée, trois grosses lettres : MAX.

Max ? Max Deblé, de GEDETEST ? Yvon secoue la tête, accablé.

Il essaie plusieurs fois d'interrompre la tirade du patron de GEDETEST, qui prend très au sérieux son rôle de partenaire et qui, de toute évidence, entend bien imposer son point de vue sur tout ce qui touche, de près ou de loin, à la partie qui lui incombe : le sous-ensemble de reconnaissance faciale et acoustique du système ALARU.

Mais, monsieur Deblé ...

Oui mais, on pourrait ...

Comment ?? M'enfin, vous pourriez rester poli !!!

Le quoi ? Le Hergé pédé ?

Ah ? Un acronyme ?

Le RGPD ? Règlement Général sur la Protection des Données ? La CNIL ?

Oui... Ouiiiii... Je vais en parler à monsieur Lepaiz, bien sûr... Ouiiiii...

Yvon est parvenu à se rassoir. Il a terminé en bafouillant une formule de politesse, puis il a raccroché, sans être vraiment sûr que Max Deblé soit allé au bout de tout ce qu'il voulait déverser sur lui.

Bon, eh bien Seb, on est mal, mal, mal...

Yvon respire un grand coup puis il explique :

Je dois m'occuper de la base de données. La base Dieudonné, comme dit Berty, ajoute-t-il avec un petit sourire triste.

Eh bien, on va pas pouvoir faire ce qu'on veut, c'est compliqué, mais alors compliqué !

Sébastien ne comprend pas : Ben, c'est juste une grosse mémoire qui stocke les utilisateurs, avec leur visage et leur voix, leurs heures de passage, éventuellement avec qui ils passent, et croise les informations avec les données de l'entreprise où c'est installé, non ? Où est le problème ?

Le problème c'est le RGPD !

Tu peux pas faire un fichier comme tu veux, quand il contient des données personnelles, des identifiants, des informations sur les allers et venues des gens !

Tu as entendu parlé de la CNIL ? la Commission Nationale de l'Informatique et des Libertés ? Eh bien ils ont pondu, avec leurs homologues dans l'Union Européenne, toute une usine à gaz pour contrôler l'usage qu'on fait des données collectées sur les gens.

Et là, avec notre projet ALARU, on est en plein dedans !

Et Max Deblé, qui doit s'occuper du système de reconnaissance, il s'est aperçu qu'on ne parle nulle part de ce foutu RGPD, et donc il m'appelle moi, Yvon Danlemurt, puisque c'est moi qui m'occupe de la base de données !

Tu piges ? On va se taper le R-G-P-D !

Va falloir mettre en place tout un truc, faut que je me renseigne...

Sébastien s'est affalé sur son siège, les yeux clos, comme accablé. Il comprend que, une fois de plus, il y a des aspects du projet qui n'ont pas été vus, pas appréhendés, pas traités...

Il faut illico en parler à Berty ! Il est encore là ?

Yvon s'avance vers la fenêtre douteuse, scrute le parking en contrebas. Les feux d'un véhicule s'allument, puis ceux d'un autre. Le personnel quitte l'entreprise.

Mais là, à la place qui lui est réservée, la forme sombre de la grande Lexus hybride de Berty Lepaiz est encore garée.

Yvon s'éloigne dans le couloir vers le vaste bureau du directeur. Lorsqu'il arrive à hauteur de la porte, celle-ci s'ouvre pour donner passage à Berty Lepaiz, dans une bouffée odorante, le pardessus enfilé, l'attaché-case à la main, le geste brusque.

C'est quoi ? Dit-il en relevant la tête.

Yvon explique sommairement. Il y a un problème. C'est le projet ALARU. Max Deblé vient d'appeler.

Avec un agacement non dissimulé, Monsieur le Directeur rouvre la porte, rallume la lumière, et invite Yvon Danlemurt à entrer. Ils s'installent autour de la table basse, Berty toujours vêtu de son pardessus, Yvon assis sur le bord du siège, nerveux.

Il explique que le projet ALARU nécessite la mise en place d'un grand fichier avec toutes les informations concernant les utilisateurs que l'on veut pouvoir reconnaître, afin de leur autoriser le passage sans qu'ils composent un code ou présentent un badge.

Oui, oui, interrompt Berty, on sait, on sait, mon garçon, mais encore ?

Mais ... on ne peut pas faire ce qu'on veut, Berty ! Max Deblé est formel ! Nous, nos sous-traitants le cas échéant, et les clients qui achèteront notre système ALARU devront se mettre en conformité avec le RGPD, le Règlement Général sur la Protection des Données. C'est un truc imposé par la CNIL avec l'Union Européenne. On n'y coupe pas. Il faudra même avoir un DPO.

Berty lève les deux bras. Un DPO ?

Oui, un DPO, un "Data Protection Officer". Une personne qui s'occupe de vérifier que tout est conforme.

Berty soupire. Ça m'a l'air d'être tout un binz, ça. Mais bon, nos clients feront ce qu'ils veulent, hein, c'est pas notre affaire, nous on propose juste un système génial, c'est tout ! Non ?

Oui, Berty, mais nous, objecte Yvon, on doit leur dire tout cela, leur fournir une aide, puisque c'est nous qui savons ce qu'on va mettre dans la base de donnée.

Berty n'est pas d'accord : il vaut mieux qu'ils ne sachent pas ce qu'on met dans notre base Dieudonné, c'est notre cuisine, non ? Il ne faut pas ébruiter nos idées, notre méthode. On sait bien comme la concurrence va vouloir nous copier !

Mais Yvon revient à la charge : Mais même nous, notre entreprise, SALCON, nous allons utiliser le système ALARU, n'est-ce pas ? Pour notre contrôle d'accès et pour faire des démonstrations. Il va bien falloir stocker dans la base de données nos visages, notre voix, nos coordonnées, et peut-être encore d'autres choses à définir. On risque une amende, je pense.

Une amende ? Berty secoue la tête, consulte sa grosse montre, amorce déjà un mouvement pour se relever. Une amende ? Il faudrait encore qu'ils sachent qu'il y a des données stockées, non ? Qui le sait ? Uniquement l'équipe de développement, la direction, vous, moi ! Il n'y a pas de raison qu'il y ait une amende, voyons !

Ça y est, Berty se dirige vers la porte, laissant Yvon interloqué.

Vous fermerez derrière vous, hein ! Ça se verrouille tout seul, je vous fais confiance.

Yvon est toujours assis au bord de son siège, dans le bureau vide. Il entend les pas de son patron qui s'éloigne dans le couloir.

Puis il extirpe son smartphone de sa poche. Il est tard. Sa soirée gothique est ruinée.

Leçon numéro 8 :

Il n'est pas indispensable de respecter les normes et les règlementations

C'est juste une formalité !

Le facteur est passé ce matin mais Nadia Kaffer, la secrétaire de direction, surchargée de travail comme d'habitude, n'a pas pu prendre le temps de s'occuper du courrier avant cette fin d'après-midi. Elle est en train de trier des enveloppes qu'elle répartit dans des panières en plastique multicolores, selon leur destination.

Bien mise, élégante dans sa robe noire stricte et ses chaussures plates soigneusement cirées, sa longue silhouette s'active. Ses bras minces aux mains fines effectuent comme un ballet alors qu'elle distribue les enveloppes, une à droite, deux à gauche ...

Son geste se fige soudain.

Une grande enveloppe contenant un élégant papier à en-tête sans destinataire autre que "Société SALCON SàRL", qu'elle approche, intriguée, de ses fines lunettes cerclées d'argent.

Trophée de l'Innovation Grand Est, section Moselle

Mais qu'est-ce que c'est que ça ? Piquée par la curiosité, elle parcourt les premières lignes.

Ouhlaaaaa ... Mais oui, c'est la réponse au courrier que monsieur Lepaiz lui a fait taper et envoyer le mois dernier ! Elle n'y avait pas cru un instant, mais elle s'était, comme d'habitude, abstenue de tout commentaire : Berty Lepaiz sait être susceptible et intransigeant. Bon, mais... C'est lui le patron, hein !

Il a posé la candidature de la société à un concours départemental qui devra couronner la meilleure innovation de l'année. On nous réclame un dossier ... Et Monsieur Lepaiz qui n'est pas là avant la semaine prochaine !

Le courrier a mis un peu de temps, mais il a certainement dû recevoir un courriel il y a quelques jours. Berty, méfiant de nature, n'a jamais donné à sa secrétaire accès à sa boîte mail. De toute évidence, le temps presse un peu, là...

Comme chaque fois dans ces cas-là, lorsque son patron la laisse avec un problème qu'il aurait peut-être bien dû traiter lui-même, Nadia panique. Ne rien faire c'est s'exposer aux reproches de Berty : Vous auriez pu vous en occuper, Nadia, prendre une initiative, pour une fois !

Se lancer dans l'action est tout aussi risqué : Mais qui vous a dit de vous en mêler ?

Nadia s'agite, se tord les mains d'indécision, regarde le plafond comme pour y quêter une inspiration, relit la lettre.

Puis elle se lève, toute fébrile, et se dirige d'un pas pressé vers le bureau de Kevin Overitas, le neveu de Berty, le Directeur du Développement. Il doit savoir quoi faire, lui. Après tout, le projet ALARU, il doit bien connaître. Et Berty a dû lui parler de cette candidature. Peut-être même est-ce Kevin qui l'a suggérée... Allez savoir ! Ça lui ressemblerait bien !

La porte du bureau de Kevin est fermée, mais Nadia perçoit du bruit à l'intérieur, comme une musique.

Elle frappe, d'abord timidement, puis avec plus d'insistance...

Enfin elle entend le raclement d'une chaise sur le sol, et la musique s'interrompt abruptement.

Kevin apparait à la porte, un peu gêné peut-être. Derrière lui, l'écran de son ordinateur est vide et il ne persiste, en fond d'écran, semés sur toute la surface, que les logos de l'entreprise : La tête d'aigle encadrée des lettres de SALCON.

Nadia explique : Un courrier inattendu annonçant la présélection de l'entreprise pour le concours de la PME la plus innovante cette année dans le département est arrivé ce matin.

Mais Kevin n'est pas au courant. Il faut faire un dossier ? Avec un projet phare ? Mais lequel ? On n'a rien d'abouti à présenter, là...

Et Berty qui est en vacances, et ne rentre que jeudi prochain !

Branle-bas de combat ! Kevin, avec Nadia dans son sillage, arpente le couloir, entre sans frapper, sans crier gare, dans le bureau de son frère Wilbur, puis ceux d'Yvon et de Sébastien. Aucun d'entre eux n'est au courant de cette candidature.

Il faut appeler le patron ! Cela ne va par être facile. Et il y a le décalage horaire. Voyons, il est quelle heure ?

Les voilà attroupés autour de l'ordinateur de Kevin, qui s'active à établir une vidéoconférence improvisée avec son oncle. Celui-ci prendra-t-il la communication ?

Après quelques cafouillages, voilà qu'apparait le visage du Berty Lepaiz, un chapeau de paille de guingois, en chemise hawaïenne bariolée.

Il doit faire doux, en Martinique, se dit Nadia.

Sur l'écran, le visage du patron danse un peu, il ne doit pas tenir très fermement son smartphone. C'est à quel sujet ?

Kevin, après une grande inspiration nettement perceptible par ses collègues amassés autour de lui, se lance et explique.

La tête de Berty se fend d'un grand sourire. Il pose le cocktail coloré qu'il tenait de l'autre main, et sans aucune gêne apparente, déclare que, oui, il a présenté SALCON au concours, et que le projet ALARU a toutes les chances de remporter le premier prix, bien sûr.

Groupés autour de l'écran, dans le bureau de Kevin, au fond du couloir chez SALCON à Passalorange, au fond de la Lorraine, ils sont tous consternés. Des regards s'échangent, et

Nadia prend son visage entre ses mains, au risque d'être vue par son patron.

La gorge un peu nouée, Kevin finit par bredouiller que le projet est loin d'être terminé, et qu'il ne sera jamais prêt à temps.

Une main passe devant le téléphone que Berty tient à bout de bras. De toute évidence il balaie l'objection : Nous avons les bons partenaires, les briques sont prêtes, et Monsieur de Saint Jacques, du SIEST, va tout nous emballer pile poil à temps ! Et de toute manière, on n'a pas besoin de faire une démonstration, c'est juste un dossier, du papier, des idées !

Et pour ce qui est de la communication, de la présentation, le bla bla, on a la bonne personne !

Dans le petit bureau, Yvon, Sébastien et Kevin se concertent, intrigués, puis leurs regards convergent vers Nadia, qui, à l'évidence, en sait plus qu'eux. Elle ne peut pas cacher son inconfort, mais Berty, sur l'écran qui leur fait face, dénoue l'énigme.

Oui, il a embauché une "communicante", une experte. D'ailleurs, elle passe au bureau demain matin, pour rencontrer l'équipe, Nadia ne vous l'a pas dit ?

Des coups d'oeil réprobateurs obligent Nadia à se défendre, d'une voix étranglée.

Oui, elle est au courant, mais elle a demandé à Pamela Lepaiz-Dejauny, la fille de Berty, la Directrice Commerciale, de donner son aval et d'être, en l'absence de son père et de sa mère, madame Lepaiz, la Directrice Financière, présente à la réunion pour accueillir la nouvelle venue...

De plus en plus embarrassée, Nadia avoue que Pamela, qui avait prévu d'appeler son père, n'a pas fait de retour ni confirmé sa présence.

Sur l'écran de l'ordinateur, l'image de Berty coiffé de son chapeau de paille s'agite, tangue. Il s'énerve, semble-t-il.

Bon, vous faites le nécessaire, hein ! Pas de temps à perdre ! Nadia, mon petit, vous me rassemblez les pièces pour le dossier, ça part encore aujourd'hui. Par courriel. Je veux que tout soit bouclé, hein, on rigole pas !

Et on maintient la réunion de demain avec Anastasia. Vous verrez, elle vous plaira, elle est chouette. Elle sait causer, et elle présente bien.

Bon, moi je suis attendu, là, il y a le déjeuner, faut y aller, parce qu'après il y a une sortie en bateau, je peux pas la manquer.

Il fait quel temps en Lorraine ?

La conférence est terminée, l'image de leur patron prenant l'apéritif sur une terrasse en bord de mer en Martinique s'est évanouie de l'écran poussiéreux, grêlé de postillons séchés, de l'ordinateur de Kevin.

En cette fin d'après-midi, l'équipe en charge du projet ALARU entoure Nadia Kaffer, pour la cuisiner.

Recroquevillée sur une chaise comme un oiseau apeuré, elle répond du mieux qu'elle peut à l'avalanche de questions.

Oui, Berty a passé plein de coups de fils pour faire de la publicité autour du projet. Elle, Nadia, a envoyé des courriers, assisté à des entrevues dans le bureau du patron. Non, elle n'a rien dit, elle est sa secrétaire, elle doit rester discrète, c'est une question d'éthique professionnelle. Oui, elle a bien compris que c'est acrobatique.

Cette Anastasia ?

Anastasia Sashvikaseoski, Experte en Communication... Elle a été conseillée à Berty par Max Deblé, de GEDETEST. Elle s'y connait en publicité, documents de présentation, conférences, articles, et tout ça... Et elle plait au patron. Beaucoup.

J'ai regardé sur Internet : Elle a de sacrées références, elle sait convaincre. En plus d'être experte en communication, elle est voyante et astrologue, elle fait des horoscopes !

Ses interrogateurs se font pressants. Que sait-elle encore ?

Mais Nadia, après un coup d'oeil à la pendule murale, comme dans un sursaut, se dégage, soudain fébrile. Vous avez vu l'heure qu'il est ? J'ai toutes les pièce de ce dossier à rassembler, à scanner et à envoyer par email encore ce soir ! Je ne suis pas prête de rentrer chez moi !

Elle se dirige d'un pas rapide vers le bout opposé du couloir.

Une heure plus tard, alors que les lumières s'éteignent une à une dans les locaux, du parking en contre bas, Sébastien et Yvon regardent la fenêtre du bureau de Nadia, la voient s'affairer, chercher des papiers dans l'armoire, se rassoir, se relever. Bonne soirée Nadia !

C'est le matin.

Kevin Overitas, son frère Wilbur, les deux ingénieurs Développement, Yvon Danlemurt et Sébastien Lebonbou, ainsi que la Directrice Commerciale Pamela Lepaiz-Dejauny attendent la nouvelle recrue dans la salle de réunion du premier étage, enfin débarrassée des cartons qui l'encombraient.

Cette fois, il ont pu y accéder sans mal, car la serrure ultra-robuste qui en défendait l'accès est cassée depuis quelques jours.

Yvon et Sébastien ont à la hâte rassemblé une documentation, certes incomplète, sur le fameux projet ALARU qu'il va falloir présenter au concours.

Du bruit dans le couloir. Voilà Nadia, la secrétaire de Direction, qui arrive, suivie par une inconnue à l'opulente chevelure.

Nadia, les yeux cernés de fatigue, présente d'une voix lasse la nouvelle venue : Madame Anastasia Sashvikaseoski, Experte en Communication...

Mademoiselle, corrige d'une voix pointue l'arrivante ! Mademoiselle !

La voilà qui fait le tour de la table, serre les mains d'une poigne qui contraste étrangement avec son apparence frêle et délicate.

Mais appelez-moi Anastasia, tout simplement !

Pamela Lepaiz-Dejauny jette un regard noir à la communicante alors que, sans gêne aucune, celle-ci s'assied sur le seul siège resté vacant, laissant Nadia debout.

Voilà, je suis en charge de la communication concernant votre formidable projet. Monsieur Lepaiz m'a tout expliqué ! C'est tout simplement génial! On va faire un malheur dans la profession !

Bon, j'ai lu votre dossier, on l'envoie pour le Trophée de l'Innovation, mais ce n'est pas tout !

Monsieur Lepaiz m'a parlé du salon.

Kevin et Pamela se regardent. Quel salon ? Quand même pas CADOM ?

Oui oui, le salon du Contrôle d'Accès et de la DOMotique, CADOM ! A Villepinte ! Nous allons préparer une video, une plaquette, une présentation de lancement. Il s'agit de prendre un bon départ. Mais je suis là pour ça !

Dans un geste machinal, la communicante secoue sa tête, lançant sa longue chevelure blonde bouclée qui tournoie et valse sur ses épaules. Elle réajuste le col de la veste de son tailleur bleu roi, orné d'une grosse broche argentée, comme pour se préparer devant des photographes. Anastasia Sashvikaseoski est en représentation.

Un regard circulaire. Tout est bien clair ? On fonce ! Elle se lève déjà, distribue des cartes de visite, reprend l'attaché-case qu'elle n'a même pas pris le temps d'ouvrir.

Juste avant la porte, elle se retourne, comme saisie d'une idée soudaine : On est OK pour la P.I. ?

Kevin lève la tête . La P.I. ?

Oui, la Propriété Industrielle ? Vous avez déposé un brevet ? Non ?? Une enveloppe Soleau, au moins ?

Non ? Mais c'est in-dis-pen-sable ! C'est juste une formalité, mais je ne commence pas sans ça, c'est trop risqué ! Vous voulez qu'on vous pique l'idée ? Je vais en toucher un mot à Bertrand !

Sans attendre de réponse, d'une rotation du cou, elle fait valser ses boucles blondes qui retombent sur ces épaules, et tourne les talons.

Bertrand ? Monsieur Lepaiz... Bertrand Lepaiz. Eh bien, elle a l'air de bien le connaître déjà !

Kevin a l'air accablé. Bon, les gars, avant qu'il ne soit trop tard, on la fait, cette enveloppe Soleau ? Qui sait comment faire ?

Leçon numéro 9 :
Il est souhaitable d'attendre le tout dernier moment pour effectuer des tâches indispensables

On va communiquer !

Kevin Overitas est anxieux. Dans quelques minutes va s'ouvrir la séance de présentation des projets qui concourent pour le Trophée de l'Innovation Grand Est, et Kevin se dit que, peut-être, SALCON n'est pas tout à fait prêt, en dépit des déclarations fracassantes qui ont déjà été faites à la presse spécialisée.

Mais peut-être suis-je trop timoré, se dit-il. Car enfin, Berty, Anastasia et les autres semblent bien confiants, bien optimistes.

Kevin parvient à s'arracher à ses préoccupations et regarde autour de lui. Le hall est comble. Des femmes en tailleurs et des hommes en costumes discutent par petits groupes, au gré des affinités, dans un brouhaha qui fait s'élever le niveau sonore. Du gris, du bleu, du noir.

Une tache de couleur, cependant, et un rire haut perché : Anastasia Sashvikaseoski, vêtue d'un tailleur rouge éclatant, sa chevelure blonde en cascade sur ses épaules, s'esclaffe à gorge déployée. Un bon mot de Berty, probablement. Le groupe est bruyant, agité. Autour du patron se pressent Jean-Benoît de Saint-Jacques du Cabinet SIEST, et Max Deblé, de GEDETEST. Un pas en retrait, Yvon Danlemurt et Sébastien Lebonbou, ainsi que Wilbur Overitas, tous fiers d'avoir été invités, même s'ils ne parviennent pas à partager l'euphorie de leur directeur.

Oui, il est euphorique, Berty Lepaiz. La moustache relevée et soigneusement gominée, fringant dans son costume gris et sa chemise blanche, et paré de la longue cravate rouge qu'il affectionne tant.

Kevin qui reste un peu à l'écart bénit le ciel pour le rhume persistant qui l'affecte depuis près d'une semaine : au moins, comme cela, il est moins indisposé par l'odeur d'après-rasage qui émane de son patron.

Ça y est, c'est heure. Le hall de la Chambre des Métiers se vide peu à peu, les participants sont avalés par les portes qui donnent sur la grande salle de conférence.

Sur des tables basses à gauche de la porte, des magazines, des plaquettes apportés par les sociétés participantes.

Kevin jette au passage un oeil inquiet à la pile de dépliants multicolores, frappés du logo de SALCON, qui vantent le tout nouveau système d'"Accès Limité Automatiquement par Reconnaisseur Universel". Mais où diable Anastasia est-elle allé chercher tour cela ? Kevin ne peut réprimer un sentiment d'admiration. Quelle imagination !

Alors qu'il s'installe dans la même travée que Berty Lepaiz et sa cour, Kevin remarque, non loin, un personnage encore debout qui le regarde. Il découvre avec embarras que c'est Raoul Pourvoux, de CONERI, le partenaire éconduit, qui ne semble nullement indisposé par la situation et lui fait, avec un large sourire, un petit signe de la main. Tout à la diatribe sur l'inventivité des PME qu'il sert à ses partenaires attentifs, Berty Lepaiz, lui, ne voit rien.

Les voilà installés. Le Secrétaire Général introduit les exposés, remercie le jury, les notables, tout le gratin réuni pour l'attribution du troisième "Trophée de l'Innovation Grand Est, section Moselle".

Aujourd'hui, les trois finalistes sélectionnés sur dossier vont faire une présentation de leur projets innovants.

Après des applaudissements nourris, le premier finaliste s'avance. Ou plutôt la finaliste. Il s'agit de madame Suzette Allanis, la dynamique Directrice Générale d'une jeune entreprise prometteuse, la Manufacture d'Electro-Ménager de l'Est, la M.E-M.E.

Vive, menue, élégante dans son tailleur-pantalon noir bien ajustée, un énorme oeillet rouge à la boutonnière, un rien délurée et provocante, madame Allanis parle fort, avec verve et emphase. Après quelques mots elle demande, d'un geste bref vers les coulisses, le lancement de la video de présentation, qui cxplose de lumière sur le grand écran, accompagnée d'une musique disco entrainante mais assourdissante.

Les participants, le regard levé vers les images qui se succèdent à un rythme effréné, découvrent la merveille de technologie que la Manufacture d'Electro-Ménager de l'Est s'apprête à lancer sur le marché :

Le presse-purée électronique connecté en Bluetooth avec palpeur de viscosité !

Une révolution se prépare dans les cuisines ! Enfin, des purées de pommes de terre, de navets, de carottes, lisses, onctueuses, étales, régulières ! Plus de grumeaux ! Et tout cela rapidement, proprement, sans débordements.

Les images en gros plan de tortillons de purée irisée sous la lumière éclatante des projecteurs, crachés par l'automate, sont tout simplement impressionnantes et les membres de l'assistance sont bouche bée. Même Berty Lepaiz est hypnotisé et, sur l'accoudoir de son siège, son index bat machinalement la cadence de l'air endiablé qui accompagne la débauche d'images.

Puis soudain, le champ de vision s'élargit, et sur l'écran apparait, sur le plan de travail carrelé de la cuisine où a été filmée la scène, un appareil noir et trapu doté d'un écran et de voyants.

Le public ne reste pas longtemps sur sa faim, si l'on peut dire : comme une vapeur qui se condense, des lettres se matérialisent sur l'écran, pour former les deux mots qui dissipent le mystère : " Contrôleur Culinaire ".

Puis, alors que la musique s'estompe, comme s'effaçant dans le lointain, défile verticalement, comme un générique de film, l'explication tant attendue.

Oui, c'est arrivé, c'est bien réel, la Manufacture d'Electro-Ménager de l'Est a créé un concept nouveau, la Cuisine Intelligente, la CUI.

Un ordinateur central, robuste, résistant aux projections de sauces et autres épluchures de légumes, le Contrôleur Culinaire, ou COCU, orchestrera, organisera, pilotera et contrôlera la confection des repas. Il possède déjà une vaste banque de recettes de cuisine. Bientôt il connaitra le contenu du réfrigérateur, et il pilotera en Bluetooth ou en WiFi la cuisinière, le four, le mixer, la balance ... Temps de cuisson, poids, proportions, rien ne lui échappera !

L'écran s'obscurcit peu à peu, tandis que madame Suzette Allanis, un radieux sourire sur son mignon visage, tapote le micro d'un doigt rageur jusqu'à ce que des crachotements remplissent les hauts-parleurs.

Mesdames, messieurs, déclare-t-elle, la Manufacture d'Electro-Ménager de l'Est est fière de vous présenter la Cuisine Intelligente de demain !

Et notre premier-né, le résultat de nos recherches et du génie de nos ingénieurs, est le premier presse-purée électronique au monde !

Nous l'avons baptisé "PREsse-PUrée Connecté" et nous nous sommes empressés de lui trouver un acronyme : Voici le PREPUC !

Alors qu'elle prononce ces mots, deux assistants s'engagent sur l'estrade, portant une table sur laquelle trône le miraculeux appareil. D'inox nu, avec un carter laqué de blanc, il a fière allure.

C'est un triomphe !

Sous un tonnerre d'applaudissements, Suzette Allanis, les bras levés au-dessus de sa tête, les grosses bagues de ses doigts fins jetant des éclairs sous les spots de lumière crue qui convergent sur elle, s'éloigne vers la coulisse en dandinant du croupion.

Berty Lepaiz s'est tassé sur son siège. Il a l'air las, accablé. Ses sourcils broussailleux lui font comme une visière. Et ça sert à quoi, ce truc ? grommelle-t-il sans conviction.

Comme si son anxiété provoquait une insoutenable poussée de phéromones, son eau de toilette se fait sentir plus que jamais...

A côté de lui, sa Chargée de Communication, Anastasia Sashvikaseoski, sanglée dans son tailleur rouge, se tourne vers lui, le regarde un instant, puis s'incline pour lui parler. Ce faisant, sa lourde chevelure blonde se répand sur l'épaule de son patron. Bertrand, tout va bien se passer, lui susurre-t-elle.

A leur gauche, Sébastien, Kevin et Yvon s'agitent, échangent des chuchotements animés. Pchhhhttt, souffle quelqu'un, un peu au-dessus d'eux.

Yvon se retourne pour identifier le malotru, et son regard croise celui, goguenard, de Raoul Pourvoux, qui lui adresse un petit signe de la main, puis porte son index à ses lèvres pour lui signifier le silence. Se serait-il placé juste derrière eux pour les espionner ?

Le Secrétaire Général, reprend brièvement le micro et tente d'abord, en vain, d'éteindre les ovations, puis, alors que lentement le niveau sonore s'apaise, présente le second finaliste.

Il s'agit de la société de Construction de Matériel Agricole de Creutzwald, la COMAC, représentée par son Directeur R&D, monsieur Gaston Laplouze. Monsieur Laplouze vient nous présenter une gamme révolutionnaire de nouvelles machines agricoles autonomes.

Le Directeur R&D s'avance sur l'estrade, visiblement peu accoutumé aux présentations publiques. Grand, sec, nerveux, un peu voûté, le poil déjà gris et ses yeux clairs enfouis derrière d'énormes lunettes, Gaston Laplouze n'en mêne pas large.

Au tout premier rang, quelques personnes applaudissent bruyamment. Ses collègues de la COMAC, évidemment.

Après s'est copieusement raclé la gorge, l'orateur explique le projet présenté par sa société.

Il s'agit, expose-t-il d'une voix qui se raffermit un peu plus à chaque phrase, d'un concept moderne et innovant portant sur une gamme complète de machines agricoles de plein champ, comme des charrues, des semeuses, des moissonneuses-batteuses ou des ensileuses sans conducteur.

L'agriculteur n'aura plus besoin, grâce à la COMAC, de sortir dans le froid et la pluie, ni en pleine canicule. Il pourra rester bien au chaud chez lui, devant son ordinateur.

La technologie moderne va se charger de lui simplifier la vie.

Les nouveaux engins agricoles aux couleurs rouge et jaune vifs de la société de Construction de Matériel Agricole de Creutzwald seront bientôt tous équipés d'un navigateur GPS et d'un système d'un système autonome de télémétrie anti-collision, et de caméras panoramiques. L'agriculteur pourra, sans quitter son fauteuil, paramétrer la parcelle, et assister à distance au labour ou à la récolte.

Tout ceci grâce à la créativité de l'équipe de COMAC !

...applaudissements de la claque au premier rang...

Mais place aux images ! Gaston Laplouze s'écarte à petits pas et le grand écran s'allume sur l'immense logo de la COMAC, un tracteur devant deux gigantesques épis croisés.

Défilent ensuite des images d'une grande moissonneuse rouge dont la cabine inhabitée est encombrée d'appareillages visiblement encore expérimentaux, à en juger par les fils électriques mal dissimulés, et les ligatures en nylon que révèle le gros plan de la caméra.

Puis, des champs, des prés, des bois à perte de vue. Une musique symphonique avec des nappes de violons sirupeux.

Puis, en accéléré, manifestement filmé par un drone, la moissonneuse qui parcours à toute vitesse une parcelle en avalant goulument les rangées d'épis dorés. Les demi-tours en fin de ligne sont précis, mécaniques, impeccables.

Le champ, bientôt nu, s'éloigne dans le lointain alors que le drone opère un artistique travelling arrière.

L'écran s'obscurcit tandis que la lumière ambiante revient, et une rumeur parcourt la salle.

Monsieur Laplouze, au bord de l'estrade, se frotte les mains, l'air satisfait.

Des questions ?

Une main se lève, juste derrière la rangée occupée par l'équipe de SALCON.

Un micro sans fil passe de mains en mains. Raoul Pourvoux, de chez CONERI, se lève, toussote, puis d'une voix lente interroge :

Vous pouvez nous dire un mot de l'incident sur l'A4 ?

Gaston Laplouze manque de tomber de l'estrade. Il se reprend, pique un fard, bredouille quelques mots incohérents, puis finit par expliquer.

Oui, la presse en a parlé, en a fait toute une histoire. Lors des tous premiers essais en grandeur réelle, les expérimentateurs ont perdu le contrôle de la première moissonneuse autonome. Elle est allée, de toute la vitesse de ses puissants moteurs, écrabouiller une glissière de sécurité et bloquer l'autoroute A4.

Non, non, ce n'était pas grave, plus de peur que de mal, il n'y a pas eu de blessés... C'était le premier essai, c'est ce que nous avons essayé d'expliquer aux gendarmes, maintenant tout est parfaitement au point, c'est de l'histoire ancienne.

D'autres questions ? Non ?

L'équipe de COMAC vous remercie pour votre attention, votre support et votre enthousiasme !

... Puis, alors que l'orateur disparait dans les coulisses, un brouhaha dans la salle.

Le Secrétaire Général s'empresse de reprendre la main, pour ne pas laisser retomber l'ambiance.

Maintenant, notre troisième finaliste, ce soir, qui concourt pour le Trophée de l'Innovation Grand Est !

Anastasia Sashvikaseoski est déjà debout, et se dirige vers l'estrade, suivie de près par Berty Lepaiz.

Les voici derrière le micro. Tandis qu'Anastasia s'en approche pour prendre la parole, comme il en a été convenu lors de l'ultime répétition du matin, et qu'elle en réajuste la hauteur pour plus de confort, Berty s'en empare, tapote furieusement pour s'assurer qu'il est bien branché, et déclare, avec son épais accent lorrain, que SALCON, leader incontestable des matériels de contrôle d'accès et de sécurité, vient présenter une nouveauté révolutionnaire.

S'en suit une série de quiproquos et d'hésitations, car Anastasia, qui prend très au sérieux son rôle de communicante,

94

avait prévu un déroulement précis que son patron bouscule sans vergogne.

L'assistance apprend donc, pêle-mêle, entre des échanges de micro, des répétitions et des omissions, que la société Security ALarm CONtrol, installée depuis deux décennies dans le département, dans le parc industriel de Suiky-Passalorange, est la créatrice d'un nouveau système d'accès conditionnel qui sait reconnaître les usagers habituels et autorisés, sans que ceux-ci n'aient à composer un code, présenter un badge, ni même faire lire leur empreinte digitale par un lecteur. Leur aspect, leur visage, leur voix suffit !

Qui plus est, elle sait, dès lors que les informations sont disponibles dans sa base Dieudonné - ooops - sa base de données, détecter un fraudeur, un indésirable.

Un murmure parcourt l'assistance ... Est-ce possible ?

Inquiet de ne pas perdre la main, et de se voir voler la vedette par sa Responsable de Communication, Berty Lepaiz veut éviter tout flottement et passer immédiatement la video qu'ils ont si longuement préparée pour la circonstance.

Sur la pointe des pieds, pour atteindre le micro qu'Anastasia vient de régler à sa hauteur à elle, Berty Lepaiz déclare, presque solennellement : les images parlent toutes seules !

Et dans les hauts-parleurs éclate soudain "la Chevauchée des Walkyries" tandis que des éclairs strient l'écran, suivis par un nuage de fumée qui se dissipe lentement pour révéler une grande porte close.

Au-dessus, une caméra, et un haut-parleur rectangulaire protégé par une grille, et, on l'imagine, quelque part un micro caché.

Des éclairages de boîte de nuit clignotent et des pinceaux de couleurs crues balaient la scène.

Une silhouette féminine s'avance, que l'on voit de dos, tandis que le volume sonore chute. La porte émet deux éclairs, et une voix synthétique déclare :

Identification positive /Pamela Lepaiz-Dejauny /Accès autorisé /

Avec un bip final, la porte s'ouvre.

La musique revient de plus belle, Richard Wagner toujours à l'honneur, tandis qu'une nouvelle silhouette, masculine cette fois, apparait.

Lorsqu'elle n'est plus qu'à quelques pas de la porte, le volume sonore chute à nouveau, et la voix synthétique énonce :

Identification incertaine / Donnez votre nom /

La silhouette répond qu'elle est Wilbur Overitas

Identification positive / Wilbur Overitas / Accès autorisé /

Dans un nuage de fumée zébré par les faisceaux colorés, l'image s'estompe, puis la lumière ambiante revient.

Berty est satisfait, et s'incline un peu sous les applaudissements de la salle, tandis qu'Anastasia, rayonnante, se tourne de droite et de gauche pour présenter son meilleur profil aux photographes qui, sûrement immortalisent la scène.

Assis dans la travée qu'elle est en train de regagner avec Berty Lepaiz, Yvon pousse du coude Kevin, et lui glisse : Super, personne n'a vu que c'était du pipeau, et qu'on était derrière à manoeuvrer les interrupteurs !

Un peu trop fort, peut-être, car derrière eux, Raoul Pourvoux toussote à nouveau.

Leçon numéro 10 :
C'est toujours très dynamique de présenter en public un projet inachevé

Epilogue

A Villepinte, Parc des Expositions, Hall 3.

Le salon du Contrôle d'Accès et de la Domotique, CADOM, a ouvert ses portes.

Berty Lepaiz est serein. Tout va bien se passer. D'ailleurs, Anastasia Sashvikaseoski, sa talentueuse Responsable de la Communication l'a rassuré : Le Thème Astral de SALCON, qu'elle s'est empressée de faire dès qu'elle a pris connaissance de la date et de l'heure de la création de l'entreprise, est plus que favorable.

Qu'est-ce qu'elle avait dit ? "Uranus en Maison 6". C'est très bon, ça. Et aussi "Mercure en Gémeaux". Tout va bien se passer.

Et puis, nous avons un magnifique stand, se dit-il en levant le regard vers le fronton de ce dernier, où, sous le logo et le nom de SALCON en grandes lettres, on peut lire :

Lauréat du Trophée de l'Innovation Grand Est

Cela n'a pas été simple : ex-aequo avec les trucs du presse-purée au premier vote du jury, il a fallu repasser sur l'estrade pour des questions de la salle pour les départager. Mais on les a eus !

Tout va bien se passer. Le stand est superbe. Ils sont venus avec le grand camion, et Stéphane, le roi du Fenwick, le mari de Pamela, la Directrice Commerciale, a tout bien fait.

La "Porte Test", comme ils l'ont baptisée, est en place. Fermée. Avec au-dessus, la caméra et le haut-parleur.

Ils l'ont testée au montage, en se cachant autant que possible des autres exposants qui circulaient avec des chariots, des diables et des cartons.

Nadia Kaffer, la docile secrétaire, réquisitionnée pour l'opération, et stupéfaite d'avoir été invitée pour la première fois à un salon professionnel, a pris place dans le petit réduit bien fermé, à côté de la Porte Test. Sur une petite table, l'ordinateur portable que Wilbur Overitas a préparé. Sur l'écran bleuté, une fenêtre montre ce que voit la caméra, une autre des cases à cocher : Monsieur Lepaiz, Kevin, Pamela, Wilbur ...

Pourvu qu'elle ne se trompe pas, qu'elle ne s'endorme pas, se prend à penser Berty.

Dans l'allée 4, des visiteurs s'attardent, regardent, intrigués. Un stand dont l'espace intérieur est fermé ? Sur les panneaux extérieurs, des produits exposés, et de grands posters colorés.

Ils s'approchent, soupçonnant une porte automatique à détection de présence, comme celles proposées par d'autres exposants. Mais la porte reste close.

C'est là que Berty, qui les observait du coin de l'oeil, s'approche d'eux. Je suis Bertrand Lepaiz, Directeur Général de SALCON. Vous voulez entrer, leur dit-il, narquois ?

Il s'avance vers la porte. Deux éclairs brefs, puis du haut-parleur tombe une voix neutre, manifestement issue d'un ordinateur :

Identification positive /Bertrand Lepaiz /Accès autorisé /

Avec une courbette amusée, il invite les visiteurs à entrer dans le stand : Si ces messieurs-dames veulent bien se donner la peine ...

Tout au long de la matinée, des visiteurs découvrent la Porte Test, et chaque fois, Berty, Pamela ou Wilbur leur en font la présentation.

Il va être midi, là, se dit Berty, qui n'a pas vu le temps passer... ne pas oublier d'apporter un sandwich et un Coca à Nadia, dans son réduit, avant d'aller déjeuner au grill du Parc des Expositions.

Berty Lepaiz et son staff arpentent les allées du Salon, en direction du restaurant.

Tiens, un stand de la société de CONseil et d'Expertise en Robotique et en Imagerie. Avec en grandes lettres bleu électrique : CONERI

Et qui voilà ? Raoul Pourvoux, affublé de ses Ray-Bans.

Hilare, semble-t-il.

Mais c'est SALCON au grand complet ! Si ces messieurs-dames veulent visiter notre stand ... J'ai des petites choses à vous montrer.

Tiens, la porte du stand est close... Intrigué, Berty Lepaiz s'avance pour la pousser.

Il avance la main, mais avant qu'il puisse toucher le battant, un haut-parleur se fait entendre :

Monsieur Bertrand Lepaiz / Vous pouvez entrer /

Et la porte coulisse toute seule.

Derrière lui, il entend Raoul Pourvoux dire d'une voix calme :

Ben oui, avec votre battage médiatique, vos photos et vos videos, il n'a pas été difficile de vous constituer un identifiant !

Un silence...

Ohlalaaaa.... la louse, se dit Kevin... La louuuuse...

Bertrand Lepaiz, un peu secoué lui aussi, se retourne lentement. Puis, le menton haut :

Monsieur Pourvoux, nous sommes déjà un pas plus loin, nous ! Notre détecteur d'odeurs est déjà presque au point ! Et que dites-vous de ça ?

Un peu à l'écart, la tête entre les mains, Kevin se prend à penser que certains seront plus faciles à identifier que d'autres.

Ce livre a été imprimé par BoD-Books on Demand, Norderstedt, Allemagne

Dépôt légal : Décembre 2020